星之魔法少女 5

最後的星之碎片

車人 著

新雅文化事業有限公司
www.sunya.com.hk

人物介紹

畢芯言

年齡：11歲

來自：地球

身分：小五學生，魔法少女

魔法元素：光

魔力來源：星之碎片——裝

魔法裝備：光之魔杖

騰騰

原名：亞古力多克司

年齡：❓

性別：男

來自：魔幻國——星空王域

身分：魔法精靈

魔法能力：時間放緩

林芝芝

年齡：11歲
來自：地球
身分：小五學生·魔法少女
魔法元素：水
魔力來源：星之碎片——藍水晶
魔法裝備：魔法手套、魔法眼鏡

毛毛

年齡：❓
性別：男
來自：魔幻國——冰雪王域
身分：魔法精靈
魔法能力：暴擊神力

希比

年齡：12歲
來自：波拉蘭國
身分：波拉蘭國的戰士，也是魔
魔法元素：火
魔力來源：星之碎片——紅水晶
魔法裝備：鳳凰之弓、鳳凰連箭

熒熒

年齡：？
性別：女
來自：魔幻國——森林王域
身分：魔法精靈
魔法能力：開啟時空之門

高柏宇

年齡：12歲

來自：地球

身分：小五學生

魔法元素：火，也能運用土、風和水

魔法裝備：魔法指環、炎神之刃

魔幻國地圖

火之沙漠

冰雪王域

森林王域

星空王域

海底王域

黑暝秘域

目錄

黑暝領主的任務

一座位於荒蕪之地的幽暗城堡裏，高敞的天花上垂掛着一盞瑰麗的水晶吊燈，吊燈上的蠟燭火光隨着冰冷的空氣緩緩晃動，周邊物件拉長了的影子也沉靜地緊隨搖擺。

倚在大殿寶座上的是一位擁有雪白肌膚的少女，冷若冰霜的五官跟陶瓷娃娃一樣精緻，烏亮的秀髮如瀑布似的從肩膀滑落。少女用纖纖的手輕托着頭，手肘枕在寶座的扶手上。她呼吸的節奏比平日急促，而那一雙彷彿裝載着整個宇宙的深邃眼珠，今晚卻顯得茫然。

剛才的激戰令她的黑魔法力量虛耗不少，而一段沉睡已久的記憶就趁着這個機會，攜同着她心底的脆弱感覺，偷偷潛逃出來。

儘管她努力壓抑思緒，冷峻的臉龐刻意不流露任何情感，但事實上疲憊不堪的她再也無力箝制埋藏在意識深處的回憶流轉。

那幕無法忘記的回憶，那段真切動人的對話，那個令她難以釋懷的分岔點，還有那個影響魔幻國國運的選

擇，就在這個萬籟俱寂的漆黑晚上再次呈現。

在不久之前的那個寂靜夜晚，細月如弓，點點繁星匯聚而成的銀河，仿似鋪上了一層柔和而晶瑩的光暈。

夜空下，羣星昭示着萬物背負的命運，星星就像記述命運的文字。安雷爾正在教授納妮觀察星象，閱讀未來的軌跡。

「安雷爾老師，魔幻國分為五大王域——星空王域、森林王域、冰雪王域、海底王域和黑暝秘域，你說過各王域的管治者各有職責，而黑暝秘域的責任就是守護魔幻國，避免黑魔法入侵，」剛學會控制黑暝力量的納妮不解地問，「為什麼我族的使命是一直守在魔界邊緣的黑暝之地？其實徹底把黑暗力量消滅，不就可以保護魔幻國了麼？」

安雷爾伸出溫暖的手掌輕撫納妮的頭，笑着說：「納妮，黑暗是不能夠徹底消滅的。」

「就連你擁有這麼強大的光魔法力量也不足夠？那傾盡全魔幻國所有魔法師的力量可以嗎？」納妮天真地問。

安雷爾搖搖頭，極目望向星光黯淡的夜空，若有所思地答道：「納妮，有光的地方便會出現影子，好比光

魔法與黑魔法同時並存，兩者似互相制衡，但實則亦是滿足平衡世界的法則。」

「可是，既然我們知道未來將會被黑暗力量威脅，現在卻不能徹底把它摧毀，這不教人好生沮喪嗎？」納妮鼓起腮，跟隨安雷爾的目光望向天空。

良久，納妮又問：「安雷爾老師，我族既可使用黑暝魔法遏止邪惡黑魔法力量，亦擁有駕馭黑魔法的潛力，這⋯⋯是不是有什麼意義？」

安雷爾望着面前那雙充滿睿智的眼睛，心裏不禁讚歎，這孩子與生俱來便擁有學習魔法的天賦，可以輕易使出自己屬性的黑暝魔法，絕對擁有繼承黑暝公主身分的條件。而且，她擁有比同年齡⋯⋯不，甚至比成年人更成熟的思想。當所有學生還在魔法學校學習、玩耍之際，她已經不斷鑽研關於守護黑暝秘域之種種傳說，亦曾向他提問黑魔法的根源。

可是水能載舟亦能覆舟，在命運的分岔口之上，安雷爾萬萬猜不到對魔幻國而言，這女孩既是救星，也是災星。

「納妮，雖然魔幻國五個王域集結而成的星光魔法力量足以阻止黑暗力量的魔爪伸延，但魔界一族非常狡

猾，善於隱藏，」安雷爾蹲下來，溫柔地向聰穎的納妮解釋，「只有屬於黑暝一族的黑暝魔法力量與魔界的黑魔法力量屬性相近，最容易洞悉對方的一舉一動，所以在你們歷代祖輩強大的黑暝魔法監察下，魔界一直有所避諱……」

納妮點點頭，安雷爾的話令她對自己身為黑暝一族感到無上的光榮。

「倘若有一天黑暝一族未能守護魔界的封印，而五位公主又未及聚集在一起發揮完整的星光力量制衡魔界力量，那魔幻國便會陷入空前的危機……」安雷爾突然覺得這些事還不適合告訴眼前這個孩子，就不再說下去，「納妮，有些事待你長大自會明白。」

事實上，剛才那一番話已令納妮對黑暝一族的使命更加好奇。就在此時，納妮指着天際，問：「那是流星嗎？」

安雷爾站起來轉過頭，趕不及看見那一閃而逝的流星尾巴。他不以為意道：「傳說在流星下誠心許願，願望可能會成真的啊！」

「嗯。」納妮雙眼一直望着那顆被黑芒包圍的「流星」朝她的出生地──黑暝秘域飛去，漸漸沒入黑暗。

沒想到安雷爾這次失誤竟造就了黑暗力量的崛起，與納妮相關之人的命運，開始急劇地變動。

在不久將來，待納妮在露露公主登基儀式上遇見那個奇怪的老巫師後，命運將驅使她獨自前往那顆「流星」最後墜落的地方，成為令魔幻國舉國驚懼的「黑暝領主」。

「哎──」大魔法騎士安雷爾使出那「聖光魔法陣」帶來的創傷令她擺脫繼續沉淪在回憶當中。

身為黑暝領主的納妮毋須唸任何咒語，不用劃下任何魔法陣，只是意念一轉，她的右手便祭起一陣濃烈的黑芒。黑芒自動湧向她受傷的左前臂，把僅餘的光魔法力量從她身上驅除。

「大魔法騎士安雷爾，你竟然尚在人世。」黑暝領主不帶一點情感說出這句話，彷彿安雷爾跟她毫無關係。

但顯然，安雷爾的出現令她有點意外，亦是因為他強大而獨特的光魔法力量，把她從黑暝古堡引到魔幻森林裏頭。她既要印證曾經隨星空王域一同消失的大魔法騎士是否再現人間，更決心把討厭的光魔法力量徹底根除。

就在她沉思期間，一把低沉的聲音驀然響起。

「領主，賽斯迪在外面求見。」

古堡的六眼魔獸執事長恭敬的來到黑暝領主跟前，他長着褶傘蜥蜴的頭顱及人類的身體，穿上一身筆直的深黑色燕尾服，潔白的恤衫上繫着一條斜紋蝴蝶結領帶，領口上插着一個精緻而閃亮的黑暝紋章，頸部的薄膜就像荷葉邊的衣領一樣張開。

黑暝領主示意六眼魔獸執事長把賽斯迪帶進來。

賽斯迪是黑暝領主悉心栽培的新一代黑暝軍團中的魔法戰士，曾經多次被委派到地球調查星之碎片的下落，也曾跟畢芯言、高柏宇等人多次交鋒。但看他這次一臉喪氣，似乎這趟任務並不成功。

「領主，我們失去了大魔法騎士的蹤影……派出去追捕的魔獸亦全數被殲滅。」賽斯迪來到寶座面前單膝跪地，説。

「是嗎？」黑暝領主的説話在大殿上迴盪着。

一陣從靈魂深處湧上來的寒意，讓賽斯迪深深打了一個寒顫。他面有難色的垂下頭，不敢正視坐在寶座上的黑暝領主。

「這次任務失敗……我甘願受罰。」

賽斯迪口裏雖這樣說，但內心委實害怕，他不是不知道辦事不力的下場，尤其是他經已三番四次遭遇失敗。說實在，在星之魔法少女出現之前，他原本是黑暝軍團中最有前途的超新星，誰料現在竟然倒楣至此。當然很多人暗地都認為賽斯迪仍然這麼受黑暝領主重用，全是靠他家族的名聲。

「有沒有受傷？」

黑暝領主的關心超出賽斯迪的預期，他呆了半晌，感激地答道：「不礙事的，多謝領主關心。」

「但……聖光魔法陣產生的迷陣幻術的確非常厲害，是我見過最變化多端的光之魔法。當我落入陣中，要不是有領主送贈那貫注強大黑魔法力量的黑曜石手鐲保護，我也不能夠全身而退。」賽斯迪搖曳着手腕上的黑色手鐲，說。

「嗯，又是聖光魔法陣……」黑暝領主閃出一絲不悅。

「領主，我可以派出更強大的魔獸，我保證一定可以追捕到那個安雷爾……」

此時，一把沉實的聲音從賽斯迪背後傳出。能夠無聲無息避開守衞進入大殿，令黑暝領主身邊的六眼魔獸

執事長吃了一驚。他張開蜥蜴嘴巴吐出一條分岔的舌頭：「是誰？」

聲音的主人從垂幕後走出來，這個披着黑色斗篷的青年無視六眼魔獸執事長的質問，他的眼中只有黑暝領主：「領主，多派幾隻魔獸也起不了作用，要對付大魔法騎士安雷爾‧普名，一般的方法是逮捕不住他的。」

青年的臉隱沒在斗篷的暗影裏，湖水綠的頭髮從耳垂下露出來，而他的脖子上隱隱浮現出一道血紅色的刻紋來。

黑暝領主嫣然一笑，她非但沒有感到驚訝，還似乎一早預料到這個人會出現。

「哥⋯⋯」賽斯迪抬頭望着身旁渾身散發着黑芒的男子，他縱不服氣，但也不敢輕舉妄動，唯有把原來想說的話都吞了下去。

「賽斯迪的失敗，是我家族的責任，請領主把追捕安雷爾的任務交給我，我必定不會令你失望。」青年擺出一副冷靜而從容的面容，不愧是黑暝領主的頭號猛將。

黑暝領主微微眨動着長長的睫毛，深不見底的眼眸泛着奪人心魄的光芒：「你有信心攻破他的聖光魔法

陣？」

「沒有，」青年笑了，脖子上的刻紋發出血紅色的光，「聖光魔法陣牢不可破，但我還是有其他方法擊敗安雷爾。」

「不要令我失望，爵尼勒。」

「謝謝，領主！」爵尼勒領命，然後步離大殿，身影完全融入黑暗中。

望着地位超然的哥哥像鬼魅般離去，賽斯迪既妒忌又不忿，但他自知沒有發怒的資格。在整個黑暝秘域內，除了黑暝領主，哥哥的魔法力量就是最厲害，而且深得領主信任，自己根本無法與之比較。

「賽斯迪，你另有任務。」六眼魔獸執事長把一塊黑色晶石放入賽斯迪手心，然後在他耳邊傳達黑暝領主委派的任務，「明白沒有？」

「明白。」

「這是你最後一次機會，」六眼魔獸執事長露出一排參差不齊的尖齒，臉上浮現了一個意味深長的笑容，「你要好好珍惜啊。」

下課後的特別節目

「十……九……八……七……」柏宇全神貫注地盯着手錶上像螞蟻踏步的秒針，心裏倒數着放學鐘聲的來臨。

今天他接受了一項特別任務。

柏宇的目光無意間往前排的座位一瞟，恰巧與剛轉身過來的芯言對個正着，芯言正要提起手，柏宇立刻別過臉裝作若無其事。

「鈴——」

下課的鈴聲終於響起，柏宇以最快的速度把桌面上的課本和文具一手掃入書包裏，草草跟老師敬禮後便一溜煙跑出課室。

「柏宇！」芯言仰起頭正想把他叫住，可是柏宇的背影卻早已消失。

「又是這樣！」芯言捧着腮，望着柏宇人去樓空的座位氣惱地自言自語：「這幾天他不是告病假，就是下課後立即溜走，想找他好好談一下也不行！」

「芯言，今天輪到你當值日生，可別忘記啊！」班

長晴晴提醒芯言。

「啊！原來輪到我嗎？我差點忘記了！」芯言驀然驚醒，臉上呈現出無奈的表情説，「怎麼會是今天？人家今天特別累嘛⋯⋯」

這時，梳着兩條整齊麻花辮的芝芝走過來，説：「芯言，我來幫忙一起打掃課室吧！」

個性溫婉的芝芝與活潑開朗的芯言從一年級起就被編在同一班，芝芝為人聰敏而謹慎，品學兼優的她每年均考獲全級第一名，深得老師讚賞。在同學們眼中，芯言和芝芝這一對要好的朋友就像一雙筷子一樣形影不離。

芝芝一邊把桌子和椅子排好，一邊對芯言説：「不知是不是我的錯覺，這陣子柏宇似乎有點神秘，會不會是發生了什麼特別的事？」

芯言聽到芝芝這樣説，心裏不禁傳來一絲憂慮：「不會吧⋯⋯」

同學們收拾好書包陸續離開課室，坐在芯言後面的珈嘉興奮地走上前，笑着對二人説：「芯言、芝芝，你們要去看聯校籃球比賽嗎？」

「籃球比賽？」

「嗯，這次是我校的守衛戰呢！」

「珈嘉，我從不知道你是籃球的狂熱分子啊！」芯言放下掃帚，好奇地説。

珈嘉把頭靠向芯言，用手遮掩着嘴巴説：「聽説友校的籃球隊隊員每位都高大瀟灑，一定要去見識一下。」

「呵，你是看比賽還是看球員呢？」芯言用手肘輕輕撞向珈嘉，笑着揶揄她。

「當然是去為我校校隊打打氣啦！」珈嘉賣力地説服芯言與芝芝，「雙方對壘一定非常激烈，不如等你打掃完畢，我們一起去看看他們身手有多厲害！」

「我哪有心情去看球賽？」芯言歎了口氣，然後一邊用濕布抹桌子，一邊埋怨，「今天老師發了許多功課，我看沒半天也做不完！而且明天中文科還有評估，我得早一點回家溫習呢！」

「溫習？我沒有聽錯吧！芯言你什麼時候變得這麼勤力？」珈嘉提高聲調，不敢相信自己的耳朵。

「芯言突然變得勤力的或然率是相當小……」正在整理課堂筆記的數學天才司徒若禮托起厚重的眼鏡，插嘴道。

「哼，你的意思是説我平日很懶惰嗎？」芯言撐着腰怒視司徒若禮。

「我只不過在數學角度理性分析一下機率，絕對沒有冒犯的意思。」司徒若禮一臉無辜地舉起雙手擺出投降的姿勢。

「啊！芯言，我今天不用上補習班，不如一會兒我們一起溫習吧！」芝芝立即擋在二人中間，試着緩和僵硬的氣氛。

「既然你們都不去，那我自己去了！」珈嘉被芯言拒絕後，覺得很沒趣，自顧自背起書包繃着臉離開。

好不容易終於打掃完畢，芯言感到既疲累又口渴，卻發現自己的水樽不見了。

「咦？我的水樽呢？」芯言翻開書包，又查看抽屜和儲物櫃，還是找不到自己的水樽。

「剛才小息的時候我還見你拿着的，會不會遺留在操場裏呢？」芝芝回憶着説。

「啊！可能放了在操場的長椅上，我真粗心大意！」芯言吐吐舌頭，笑説。

「我陪你去找找吧！」芝芝放好打掃用具，滿意地檢視着整整齊齊的課室。

「有你真好呢！」芯言挽着芝芝的手，擁着她撒嬌。語畢，芯言的表情一轉，擔心地問：「剛才我們拒絕珈嘉的邀請時，她的樣子很失望，你猜她是不是生氣了？」

「不會的，當珈嘉看到友校那些高大瀟灑的籃球隊隊員，她一定興奮得把其他事情忘記得一乾二淨，說不定她明天會詳細地跟我們分析每位球員的表現呢！」芝芝微微笑說。

「芝芝，你很了解珈嘉嘛！」芯言點頭認同，「起初我也想陪她一起去，但一想到我們還要四處搜尋星光寶石碎片的下落，實在不能浪費太多時間。」

「對呀，探測到的星之碎片總是不斷在移動，每次我們到達目標位置時它就會突然消失，真是很奇怪。」芝芝一臉不解地說。

就在芯言和芝芝走下樓梯時，有很多同學與她們擦身而過，匆匆趕到上層去。

「放學時間已經過了很久，怎麼還有這麼多同學留在學校？」芝芝心裏暗忖着。

二人走着走着，來到了梯間的轉角位置。這時一個身影飛快地閃出來，跟芯言撞個正着。衝擊力把芯言撞

得向後跌坐，在旁挽着芯言的芝芝同樣受到波及，身體失重心的晃了晃，差一點就要跌倒。

「不好意思，你⋯⋯你沒事吧？」面前的男生停了下來，他雙手按着膝蓋，喘着氣的向芯言道歉。

「怎會沒事？痛死我了！」芯言靠着芝芝慢慢站起來，她生氣地盯着男生，問，「為何你走路這樣不小心？你趕着去哪兒啊？」

「對不起，我得趕緊去運動場呀！比賽已經開始了好一會⋯⋯」那男生望了一下手錶，匆匆地答。

「是什麼比賽呢？」芯言追問。

「你不知道嗎？是跟友校的籃球聯誼比賽啊！」男生見芯言沒有大礙，暗自舒了一口氣，準備拔腿走開。

「一定是剛才珈嘉提起的聯校籃球比賽。」芝芝提醒芯言說。

「上一場世紀之戰打成平手，今次再舉辦一場，而且聽說還有猛將加盟⋯⋯不跟你們說了，我可不要錯過這場——」男生還未說完，已經從兩位的視線範圍內消失了。

「真的這麼精彩？」芯言抵不住吸引，於是向芝芝提議說：「不如我們到運動場走一趟吧！」

芝芝心裏亦感到好奇，正當她猶豫之際，芯言已興奮地拉着她轉身跑上樓梯，向着六樓的室內運動場跑去。

精彩絕倫的籃球比賽

芯言和芝芝穿過長長的走廊，微風溫柔地吹起她們的頭髮。

當二人踏入走廊盡頭的室內運動場，一片歡呼聲、拍掌聲和吶喊聲此起彼落，還有球員激烈比賽時運動鞋與地面摩擦的吱吱聲響。

通明的燈光照着亮晶晶的木地板，現場擠滿了學校各級的學生，芯言和芝芝好不容易才擠到上層的觀眾席觀看比賽。

「原來是我校跟田京小學的比賽。」芝芝指着掛在牆上雙方的校徽。

「咦，那個時鐘顯示比賽進行了三十分鐘，計分牌上寫着 28 比 6，到底是哪一隊領先呢？」

「領先的是我校啊！」芝芝一怔，「而且是大比數拋離友校呢！」

芝芝看到自己學校的球員士氣大振，個個臉上神采飛揚，充滿信心，看來有必勝的把握。

反過來看，友校球員的士氣則受到打擊，每一位也

大汗淋漓，似乎消耗了不少體力。

「我校球隊原來這樣厲害的嗎？」芝芝暗暗地說。

此時，我校的球員以純熟快速的姿勢把籃球拋向10號球員，他一個轉身，凌空一跳投球，籃球隨即劃出一道漂亮的弧線向籃筐飛去。

「嚓！」那籃球就像裝上了精密的計算裝置一樣，無比精準地射入網內！

球場頓時鴉雀無聲，圍觀的學生全部給這完美的射球震撼得目瞪口呆！

「柏宇？」芯言揉揉眼睛，指着剛投籃的球員喊：「芝芝，你看！那個穿10號球衣的是柏宇嗎？」

「好像……好像是柏宇呢！」芝芝托起眼鏡，在圓圓的鏡片後露出一雙水汪汪的大眼睛，她甩甩頭，說：「可是我沒聽過他是籃球隊隊員啊！」

「他當然不是籃球隊隊員！他從來都沒有參加過什麼學會或興趣班，更遑論加入校隊！」

「真奇怪，為什麼他會在場上比賽的呢？而且他的籃球技術看來非常了得呀！」芯言的臉皺成一團，她也不明白為何柏宇會無緣無故站在籃球場上。

「那個10號球員不是正選的嗎？」坐在芝芝旁邊

的兩個男生在高談闊論着。

「他只是臨時參加比賽！」那個比較瘦小的男生說，「在上一場比賽的最後一節，我校的籃球隊隊長因對方犯規而受了傷，不能繼續比賽，兩位後備球員又剛好因病缺席，唯有請那個路過的留級生臨時頂上。」

「臨時頂上？隨便找個人頂替我們的聯校比賽？」高個子張大嘴巴訝異地叫。

「你有所不知了，那個穿 10 號球衣的男生是今年陸運會的最傑出運動員！」瘦小男生搖搖頭說，「起初因為比賽時間尚剩餘五分鐘，我校的分數仍然落後，本來打算完成比賽便算了。可是當那位留級生加入後，比賽的局面一下子扭轉了，最後更打成平手。」

「竟然那麼神奇！」

「對呀！那個男生是我校籃球隊的幸運星，他加入後對方竟連連失誤，不是把球誤傳就是籃球不慎從手中滑落，還有被自己帶着的球絆倒，」瘦小男生頓了一頓，說，「由於上一次沒分出勝負，於是雙方定了今天再次決戰。不過，你也不要小覷那個男生，他的表現不比場內任何一位正選遜色！」

「怎麼可能？我校的籃球隊出名訓練嚴格，尤其是

正選球員，每一位都身經百戰！」高個子半信半疑。

「是真的呀！上一次比賽我就坐在最前排，把整場賽事看得一清二楚！」瘦小男生說，「你看，平日的球賽哪有這麼多觀眾？大家都是聽聞那留級生的球技出神入化，才特地趕來欣賞他精湛的籃球技術。」

芯言和芝芝把那兩個男生的話聽在耳裏，她們都在猜度着柏宇參加籃球比賽的真正緣由。

「嚓！」我方再度入球。

田京小學的球員接過球證手上的籃球後，立即從後場傳送至球場中央負責控球的球員。那球員巧妙地跟另一位身材高大的中鋒球員進行擋拆戰術，快速甩開原本準備夾擊他的我方球員，然後一個假身騙過趕來補位的球員，冷靜地奔向球場左側無人看管的三分位置。

「友校要得分了！」就連芝芝也緊張得叫起來。

沒想到友校球員射球之際，時間竟突然凝止，驟眼看來那三分球像是在半空中停住。當場中所有球員、觀眾回過神來，籃球已幸運地被跑過來防守的我校球員擋下，直接落在場中禁區附近的柏宇手裏。

芯言和芝芝面面相覷，她倆同樣覺得籃球在半空凝住的感覺有點不尋常。

柏宇接過籃球後轉身運球，繞過對方隊員的防守，一下子突破到籃筐下，輕輕躍起單手射球入網，我方再得兩分！

　　「是風之魔法！」芝芝衝口而出，話音未落就趕緊用雙手掩着自己的嘴巴。

　　「風之魔法？」芯言喃喃覆誦着。

　　「嗯，柏宇使用的應該是屬於輔助魔法的風翼術。風翼術除了可令施咒者身輕如燕，在天空中任意飛翔，亦可讓受到魔法的人和物件加速。」芝芝把頭靠向芯言，在她的耳邊細細續說：「風翼術更可以改變氣流，並產生氣牆。剛才我們看到的不是時間靜止，而是籃球被突然出現的氣牆阻擋，使球速減慢至看似停住。」

　　「柏宇竟然運用魔法在籃球場上作弊，他⋯⋯他太狡猾了！」

　　對方在場邊發球，當隊員接球後，手中的球突然變得沉重無比。球員無法適應，籃球隨即從他手上滑落。

　　「那籃球的重量似乎變得跟保齡球一樣重呢⋯⋯」芝芝皺起眉頭暗忖。

　　我方隊員見狀立即採取強勢的進攻，其中一位隊員跑過去奪回籃球。這時籃球的重量已回復原狀，他快速

地向着對方籃球架衝去，順利再進一球。

氣急敗壞的田京籃球隊被我校打亂了陣腳，氣勢大減。隊長喘着氣揩掉額角上的汗珠直奔向裁判員，他手舞足蹈似在控訴，要求比賽暫停。

「芯言，你看對面。」在賽事暫停期間，芝芝在芯言耳邊低聲說。

芯言把目光從柏宇身上移開，望向對面的觀眾席，一雙不友善的眼睛正緊緊盯着芝芝。

「咦，是鎐玥？」芯言瞇起雙眼望過去，看到鎐玥擺出一副招人討厭的表情。

「打從我們坐下來，她就一直望着我們了，」芝芝不知所措地說，「我們要不要先離開？」

「又是她！」芯言記得每一次碰到鎐玥，鎐玥都會故意在其他人面前取笑芝芝，不是說她的眼鏡比字典還要厚，就是笑她的頭髮似兩束稻草，還有笑她吃什麼也不會長高。鎐玥的目標只有芝芝，即使芯言擋在前面，仍然會找盡法子奚落芝芝一番，務求令她無地自容。

「芝芝，你就不用管她了！她只是妒忌你！」芯言安慰芝芝。

五甲班的鎐玥成績每年都屈居全級第二名，而芝芝

的成績每次總是比她高一點。所有人都知道，鎔玥一直視芝芝為唯一的競爭對手。

「可是她的眼神好像想吃了我……」芝芝不敢直視鎔玥，鎔玥的惡言相向每每令芝芝十分傷心，幸好有芯言待在身邊支持她。

「咦，那位漂亮的金髮女生是誰呢？」芯言望到鎔玥身旁那位臉龐清秀、身材高挑的女生。

金髮女生穿着一套典雅的校服，潔白的恤衫配搭着淺藍色的百褶裙，領口用幼絲帶綁了一個蝴蝶結。那柔順亮麗的金黃色長髮微微鬈曲，加上一雙清澈的藍眼珠，簡直就是一個小模特兒。

「聽說她是參加了學校交流活動的外地學生，鎔玥負責在校內照料她。」芝芝輕聲地說。

「說外語的交流生嗎？我沒有注意到呢！」芯言不自覺地被那金髮女生的氣質吸引着。

金髮女生看到芯言望着自己，於是揮手向芯言打招呼。

「啊，這個女生的笑容很可愛呢，實在跟鄰座的鎔玥有着天壤之別！」芯言說。

雙方球隊擾攘好一會後，裁判決定換另一個籃球繼

續比賽。

「呲——」球證吹響哨子，觀眾的焦點再次落在臨時加盟的柏宇身上。柏宇接過隊長傳來的球後，壓低身體向着對方的籃筐衝去。他巧妙地避開一個又一個防守球員，然後在三分線前凌空一躍，雙手一擲——

「穿針！」

「是三分球呢！」

一陣如雷貫耳的掌聲伴隨尖叫聲，在球場上不斷迴盪！

在最後的一分鐘，對方再次開球，可是一下子就被柏宇截住。他控着球迅速地避過對方的防守，來到了籃筐下。柏宇的雙腳有如裝上了彈弓一樣，輕輕一跳竟躍得比他的身高還要高。他用雙手將籃球灌進了籃筐之中，整個球架都被他撞得一陣子晃動。

球場上一片寂靜，剛剛還在喧嚷不休的人羣變得寂然無聲，圍觀的學生們全都被這精彩絕倫的灌籃驚呆了。

莫說對方的球員，就連我方的隊員也只有張大嘴巴，發不出聲來。

「呲呲——」

完場的哨子聲一響，柏宇連列隊也沒有參與，便急步離開運動場。

於是芯言和芝芝帶着滿腹疑惑離開學校趕去柏宇家，打算向他問個究竟。

「芯言，你有沒有感應到剛才在運動場內的魔法力量？」芝芝一邊走，一邊説，「我不是指柏宇施展的風之魔法和土之魔法。」

「不是柏宇的魔法力量……那麼你感覺到的是什麼？」芯言莫名其妙地反問。

「我不敢肯定，只是隱約察覺到輕微的星光力量。」

「星光力量？」

「那股力量一閃而逝，我還未來得及拿出探測器便消失了。」芝芝不肯定地説，「你沒有感應到嗎？」

「我太投入比賽了，沒有感應到。」芯言抓抓頭，「難道柏宇擁有星光力量？」

「也許是我弄錯了吧……」芝芝搖搖頭抿着嘴。

「林芝芝！」突然，後面有一把聲音叫住芝芝。

芝芝和芯言不約而同地往後一望，竟然是銘玥，跟在她身後的還有那位漂亮得像模特兒的交流生。

「你們為什麼走得這麼快？」鎔玥繞着雙手，拉高聲線說。

「鎔玥，有什麼事嗎？」芯言下意識擋在芝芝身前。

「我只是想跟你介紹我的新朋友而已，」鎔玥拍一下身旁的金髮女生，「她是依麗莎，是從外國來的交流生。」

近看之下，芯言驚覺依麗莎不但長着美麗的臉龐，而且舉手投足間散發出脫俗的氣質，她那金色的自然鬈髮順着額角波浪似的垂下來，立體的五官有如雕刻一樣精美。

「Hello! How do you do?」依麗莎突然伸出手握住芝芝，閃耀的藍色眼睛似懂得微笑。芝芝被突如其來的觸碰嚇着，她的臉一下子紅得像個蘋果。

「你別看依麗莎長得這麼高，其實她的年紀比我們還要小。她在學校成績非常卓越，小學入學時直接跳升至二年級，其後一直名列前茅。」鎔玥揚起彎彎的眉毛，得意地說，「你覺得這樣的朋友夠分量了嗎？」

「你到底想說什麼呢？」芯言皺着眉頭，不耐煩地插嘴問。

「這樣你也聽不明白嗎？你也真夠遲鈍！」鎐玥擺出一個嘲弄的冷笑，「啊！這種程度的說話你也不能理解，難怪一直徘徊在留級的邊緣！」

「你說什麼？」芯言聽得火大了，她厲聲喝斥鎐玥，令鎐玥身旁聽不明白的依麗莎也嚇了一跳。

「鎐玥你太過分了！」芝芝也忍不住向鎐玥抗議。

「What happened?」依麗莎在鎐玥耳邊問，卻見鎐玥聳聳肩，裝作一臉無辜地微笑。

原來鎐玥不是想向芝芝炫耀自己的朋友，而是奚落她的朋友，這次就連芝芝最要好的朋友芯言也被一併羞辱。

「芝芝，希望你注意選友，記住物以類聚啊！」鎐玥拋下一句，便倚着依麗莎轉身離去。

「可惡啊！」芯言正想追上去，卻被芝芝一把拉住。

「不要追了。」芝芝輕輕搖頭說。

「你看鎐玥那張囂張得不可一世的臉！」怒火中燒的芯言道。

「對不起，害你也被她戲弄。」芝芝難過地說。

「芝芝，需要道歉的人是她，不是你呢！」芯言激

動得緊握雙手，「她竟然這樣傲慢無禮！」

「別跟她計較了，我們尚有更重要的事要辦。」芝芝冷靜地提醒芯言，「時候不早了，我們還要去找柏宇呢！」

「啊！被鎰玥氣了一下，差點忘掉了！」芯言用力敲了一下自己的頭，朝逐漸走遠的鎰玥做了個最難看的鬼臉，「今次我就饒了你！」

芝芝看到芯言滑稽的表情，忍不住忘情地笑了出來。

神秘魔法陣

在柔和的微風下，芯言和芝芝加快步伐向着柏宇的家走去，怎料她倆還未踏入大屋前的花園，就看到一襲強光從二樓的露台射出來。

「砰！砰！砰！」露台的一排玻璃窗應聲粉碎，一個巨大的身影奪窗而出。

「鴉！」一隻全身長着灰色羽毛的雙頭怪鳥衝出露台，一不留神掉落下來，牠凌空翻騰，在着地前及時伸展長翅飛了起來，差半分便摔成泥巴。

巨鳥慌不擇路的朝芯言和芝芝飛來，張大嘴巴發出刺耳怪叫。牠擦過二人的頭頂飛向天空，利爪差點劃花她們的臉。

「嘩！是什麼來的？」巨大的陰影一下子把陽光擋住，芯言抬起頭驚慌地大叫。

「難道是魔獸？」芝芝看到那隻可怕又毛茸茸的雙頭怪鳥一溜煙衝向森林，嚇得不禁雙手搗着嘴巴。

「魔獸？大屋外不是布了防禦魔獸的魔法陣嗎？」驚魂未定的芯言叫道。

「別逃!」柏宇從露台追出來,他渾身都沾上黏稠稠的泥巴,就像漿糊一樣把他的身體膠着,令他走起路來有一點吃力。

「柏宇!發生了什麼事?」芯言愣了一下,她仰起頭從地下呼喚柏宇,「剛才的是什麼怪東西?」

「原來是你們!」居高臨下的柏宇向二人瞄了一眼,冷冷吐出一句「沒事」,然後拖住膠着的身體轉身走回大屋。

「你別説笑了!怎麼可能沒事?」芯言急急衝入大屋去。

推開大門,芯言差點被倒下的椅子絆到。平日清潔整齊的大廳像被搶劫過一樣,書包和作業散落一地,家具布置全都翻轉得亂七八糟,似乎曾有打鬥的痕跡。

芯言把書包放在餐桌上便腳步跟蹌地走向柏宇的房間,她推開虛掩的門,看見柏宇正蹲在地上專心埋首着什麼,於是生氣地問:「柏宇,剛才的魔獸從哪來的?你為什麼不去追捕牠?」

全身被黏稠稠的泥巴沾得濕透的柏宇沒理會芯言,只皺着眉咬着指頭盯着地板。

「還有今天的籃球比賽,我和芝芝也看得很清楚,

你是用魔法來取勝吧？這實在太過分了！不要給我猜中，你是否答應以籃球隊獲勝來換取他們替你做功課？要是給騰騰知道了，他一定十分生氣呢！」芯言連珠炮發般說。

柏宇仍然無動於衷。

芯言氣沖沖地走過去，提聲說：「你到底有沒有聽到我說的話？」

「別動！」柏宇大喝一聲，把芯言嚇一跳。

芯言垂下頭才發現地上用粉筆畫了一些圖案，旁邊還寫着一串看不明白的符文，細看之下像是繁複的魔法陣。

「大概是魔法陣的中心出錯了……」柏宇繃緊臉按着胸口沉吟，「應該要在這裏加一筆。」

「柏宇，剛才的怪鳥是你用魔法陣召喚出來的嗎？」一直站在房門外的芝芝注意到那個魔法陣，於是小心翼翼地避開圖騰，走到柏宇跟前。

「什麼？你不可以胡亂召喚魔獸的！」芯言大嚷。

「我要再次打開通往魔幻國的門！」

「這是不可能的！」芯言說，「大長老說過魔幻國的入口已經被封住了，就連水晶頸鏈內的魔法書也說只

有星光寶石的力量才可……」

「你少囉嗦！我自有方法！」柏宇焦躁地叫。

芝芝理解柏宇的憤怒，她抿嘴說：「不過胡亂畫出魔法陣是很危險的，不小心的話可能會召喚出可怕的魔獸！」

「對，剛才那隻怪鳥就夠嚇人了！」巨大怪鳥的可怕影像橫過芯言的腦際，「我們還是儘快去把牠淨化，不然被人發現就麻煩了！」

「別去！」柏宇急忙地說，「是我不小心放走了牠……待會我會把牠找回來的！」

「待會？你現在忙什麼？又打算召喚什麼出來嗎？」芯言簡直氣壞了。

「柏宇，我明白你因為爸爸失蹤而很想找回他的心情，大家已經不斷去找剩餘的星之碎片……」芝芝怯怯地說，她的聲音越來越小，因為柏宇的雙眼已泛起壓抑不住的怒意。

「你明白？你這種天之驕子怎會明白？難道你試過失去父母嗎？」柏宇握緊拳頭，大肆咆哮，「不要裝作了解我，你只是學校成績比我好一點吧！」

聽了柏宇滿腹牢騷，芝芝整張臉都漲紅了，她把頭

垂得很低，雙手扯着裙襬微微發抖，久久説不出話來。

「柏宇！你別這樣，芝芝只是關心你！」芯言説，「你也知道的，騰騰、毛毛、熒熒、希比和我們已很努力四處搜尋。只要集齊星之碎片，我們便能打開通往魔幻國的門，你再等一下吧！」

「等？我已等了兩個月，半點進展也沒有！」柏宇大吼，「每一次感應到星之碎片的力量，在到達目的地前就再也探測不到那股力量！」

柏宇每一天都在等待，等待爸爸回來。爸爸穿起騎士服的身影，在他腦海內閃過無數遍。小時候，柏宇總愛纏着爸爸説冒險故事，滿以為爸爸是一個偉大的探險家；他最喜歡聽爸爸解説各種元素的神奇力量，仰慕爸爸是個學識淵博、充滿智慧的學者；他也試過埋怨爸爸沒有給自己一個完整的家，亦沒有把更多的時間分給自己。可是，他從未想過爸爸原來是魔幻國的大魔法騎士。

每每想起爸爸，尤其是臨別的一番話，他的心便痛一次。

事實上，這兩個多月以來，每隔幾天就會探測到星之碎片的力量。大伙兒無論是上課中或是深夜都輪着撲

出去查探，可惜每次都徒勞無功，委實令人洩氣。

房間內充斥着沉重的氣氛，大家也不發一言。

芝芝想要緩和一下繃緊的氣氛，但向來不善辭令的她只懂道歉：「對不起……」

「芝芝，這不是你的錯，你不用向他道……」芯言還未說完，就被柏宇暫住了。

「你們走吧。」柏宇沉聲低喝，他的眼神劃過一絲懊惱，隨手使出風之魔法把房門打開，然後別過臉低頭繼續研究地上的魔法陣。

「哼！我才不要理你！」芯言氣得頭頂冒煙，一手拉着芝芝跑出柏宇的房間。

離開柏宇家後，氣上心頭的芯言一面走一面埋怨：「柏宇太可惡了！別人只是關心他！要是他再胡亂來，遲早會闖禍的！芝芝你也看到他那囂張的臉吧……」

芯言見身邊的芝芝一直沉默不語，以為芝芝因為剛才柏宇向她發脾氣而不高興，於是安慰她說：「不要介意柏宇的說話，他只是心情不好。」

「芯言，我不介意，我只是覺得奇怪……」芝芝欲言又止。

「奇怪？」芯言反問。

「剛才出現在柏宇家的魔獸……會不會……是他用魔法陣從魔幻國召喚出來呢？」芝芝神情凝重，似乎難以說出口。

「嗯，這種魔獸的確只會在魔幻國出現……」芯言一怔，「但魔幻國的通道不是全都被封住了嗎？怎麼會……」

芝芝面有難色。

「我怕柏宇為了強行打開通往魔幻國的通道，使用了禁忌魔法。」

「禁忌魔法？」

「嗯，其實這段日子我一直有翻查魔法典籍，想法子找出打開魔幻國的通道。昨晚我看到一篇古老的禁忌篇章，提及只要混入黑魔法……」

「不會的，柏宇從來未試過，也絕不會使用令人迷惑心智的黑魔法……」芯言不敢相信自己的耳朵，只是覺得心臟一下子揪緊了。

「柏宇在魔法上有過人的天賦，也許他為了打開通道……」芝芝面露憂色。

「我要向他問清楚！」芯言緊張得手心直冒汗，她轉身打算回去柏宇家，卻給芝芝拉住。

「這些都只是最壞的猜測，也許是我杞人憂天。」芝芝看到芯言因自己的説話而受到困擾，心裏後悔得很，她連忙解釋説，「況且現在柏宇的心情這麼差，我們説什麼他也不中聽，不如讓他冷靜一天，明天下課後再找他好好談一下吧！」

芯言想起剛才柏宇冷酷無情的面容，一股難過的感覺立即從心底湧出來。她心亂如麻，對柏宇擔心不已。

芝芝見芯言臉色也變了，不想再多説令她操心的話，於是連忙轉話題道：「咦……你看前面那間果子店，那是季節限定的蜜瓜果子啊，不是騰騰最喜歡的味道嗎？不如買回去給他吃吧！」

芯言點點頭，勉強地擠出一抹淺笑。

芝芝雖然想安撫芯言內心的不安情緒，無奈她的説話技巧太拙劣，芯言即使跟在她身後，但心思早已回到柏宇身邊。

微風吹動着芯言細碎的瀏海兒，露出一雙緊鎖的眉頭。滿懷心事的她胸口隱隱作痛，更泛起一陣前所未有的焦慮。

＊　　　　　＊　　　　　＊

「騰騰，我回來了。」芯言提着包裝精美的蜜瓜果

子回到房間。

「芯言！」原本躲在洋娃娃後的騰騰立即跳出來，「是什麼來的？我嗅到很香的氣味呢！」

「這是給你的。」芯言打開紙盒，拿出美味的蜜瓜果子放在書桌上。

「太好了，外出了一整天，我正餓着呢！」騰騰高興地跳到桌子上，入迷地望着晶瑩剔透的蜜瓜果子。

騰騰一口咬向軟綿綿的果子，嘴唇沾滿奶油，清甜的味道令他感動得連肩膀也在抖動。

「你知道今天我和毛毛去查探時多麼驚險嗎？」騰騰一邊吃，一邊雀躍地説，「我們遇到了會分身術的魔獸！」

「嗯……」芯言坐在書桌前，雙手托着頭放空。

晚霞染紅了天空，一朵又一朵鑲着金邊的白雲悠悠飄過，影像毫無意義地落在芯言沒有焦點的瞳孔上。她的思緒飛出了天際，根本沒把騰騰的話聽進耳朵。

「我和毛毛追蹤魔獸來到一個荒廢的礦洞，殊不知那隻會分身術的魔獸竟然將魔法力量完全隱藏起來，令我們察覺不到牠，」騰騰見芯言不發一言似是聽得入迷，於是繼續擺出一副緊湊又顫慄的神情，「魔獸的分身突然從毛毛的影子裏撲出來，牠那魔爪真的巨大得離譜……」

騰騰説得興奮，絲毫沒有發覺芯言呆呆地望着窗外，跟平日每事反過來追問的個性大相逕庭。

「你看我這裏，痛死了！」騰騰抬起屁股露出一副可憐兮兮的模樣。

他接着指出右邊少了一束毛髮又紅腫了一片的地方，哭喪着臉道：「幸好我及時把時間放緩，讓毛毛把牠壓扁。毛毛超強的，他變身成大象似的，全身白色的

毛髮豎立，脖子突起一圈熠熠生輝的光芒。呵呵！很厲害吧？」

騰騰瞇着眼睛看看芯言，卻得不到她回應，猛然問：「芯言！你在聽我說話嗎？」

騰騰跳上芯言的肩膀，把思索得出了神的芯言嚇一跳。

「什麼……」芯言愕然地回過神來，「你今天遇到魔獸嗎？」

「原來你剛才一點也沒聽到的嗎？」騰騰擔憂地說，「看你失魂落魄的樣子，你到底在想什麼呢？」

「沒什麼……」芯言不想騰騰擔心，隨便找了個藉口，「只是快要進行學期評估，我還沒有時間溫習吧！」

「唉，地球星的學生可真繁忙……既要應付一大堆的課業、評估，又要兼顧課外活動，」可在這段日子裏，騰騰漸漸了解芯言，他繞起雙手，用難以置信的懷疑眼神凝望着芯言，「不過……學校的事不似會令你這麼心煩。」

芯言知道騰騰看穿了自己，無法再隱瞞了，唯有吞吞吐吐地把事情說出來：「剛才我和芝芝去了柏宇的

家，他……他似乎心情不太好。」

「哎，他不用上課的時候總是躲在家，如果他繼續消沉下去，的確讓人擔心啊。」騰騰難過地說，「一時間要他接受自己的爸爸原來是大魔法騎士，還被困在魔幻國裏生死未卜。這麼大的打擊，換作任何人也不容易振作起來。」

「我只怕他過分積極吧……」芯言眉頭皺得更深，卻不敢把今天柏宇使用魔法來打籃球、走失魔獸及神秘魔法陣的事情告訴騰騰。

「你說什麼？」騰騰提起長長的耳朵，問。

「我……我說我會好好安慰他的！」芯言支支吾吾，隨便換個話題，「是呢，你們有沒有星之碎片的消息？」

「我們收拾魔獸後打算回家，途中又再感應到星之碎片的力量，可是跟之前一樣，力量閃現不到數分鐘便消失，真的很奇怪。」騰騰拉下臉說。

「其實……除了集結星之碎片解開魔幻國的封印，我們還有沒有其他方法可以進入魔幻國？」芯言想起芝芝提及的禁忌魔法，於是試探說。

「即使是大魔法騎士的聖光魔法陣，也未必能打開

魔幻國的缺口，」騰騰正色地說，「能夠破解黑魔法力量的封印，撤除星光寶石的力量，恐怕只有黑暝力量。」

「黑暝力量？」芯言急着問。

「黑暝一族擁有駕馭及抗衡黑魔法的力量，而黑暝公主更同時是五位掌控星光力量的其中一員，可惜現在黑暝一族已經被黑魔法力量吞噬……」騰騰痛心疾首地說。

「那即是說大魔法騎士不可能是黑暝一族……」芯言暗暗忖度着，既然柏宇的爸爸非黑暝一族，柏宇自然不會是，那他更應該沒有使出黑魔法的能力，她念頭一轉無奈地說，「不過……假如一直找不到剩餘的星之碎片……」

「我們一定會找到剩餘的星之碎片的！」騰騰篤定地說。

芯言滿腦子都是柏宇剛才發怒的影像，一想到無法替他分憂，芯言忍不住歎了口氣。

「我有點累，先去洗個臉。」芯言垂下頭，轉身往浴室走去。

她旋開水喉，用雙手盛滿清涼的水輕輕潑在臉上，

希望把煩憂一洗而空。

芯言望着鏡中的自己，忽然感到很無力，這種感覺一點也不好受。她既幫不上柏宇打開前往魔幻國的門，也找不到星之碎片的下落；她沒有芝芝的聰穎機靈，又沒有希比的敏捷勇敢，實在懷疑為何星之碎片會選中自己成為魔法少女。

「如果我擁有更強大的力量，那就可以幫助大家了……」

就在這個時候，遠處閃爍了一下不尋常的強光，一道如雷貫耳的響聲伴隨而至，把芯言嚇得心慌。她急急推開窗往外望，心裏泛起一絲難以解釋的擔憂，腦海閃過一個人的影像。

「柏宇——」

剎那間，今天在柏宇家發生的一切全在芯言腦袋內快速倒帶。

「芯言！」浴室外傳來騰騰的叫喊聲，芯言連忙衝出去，未及發問騰騰便急着說：「我收到毛毛的魔法訊息，芝芝探測到星之碎片的力量，着我們立即到海邊那個遊樂園與他們會合！」

「海邊遊樂園？那不就是剛才那道強光的位置？」

強烈的不安感覺佔據了芯言全身，她渾身顫抖地自言自語：「千萬不要出事……高柏宇你這個大傻瓜！」

海邊遊樂園

天色漸漸轉黑，戴着小兔子髮夾的芯言騎着單車，全速衝向海邊遊樂園。

對於這個充滿歡樂氣氛的遊樂園，芯言跟家人已拜訪過好幾次，每次都是帶着期盼和興奮到來，可是這一次卻有一種忐忑不安的心情。

來到遊樂園門前，芯言撲下單車與芝芝及毛毛會合。她心急如焚地問：「芝芝，柏宇在裏頭嗎？剛才那道強光是什麼一回事？」

「柏宇？強光？我不知道啊，不過魔法眼鏡探測到強烈的星之碎片力量，而且維持了很長的時間，於是我和毛毛跟着力量到遊樂園來。」

「我還以為柏宇也一起來了……」芯言越想越擔心柏宇，因為除了星之碎片的力量，她亦隱約感應到遊樂園裏頭有種令人厭惡的殘存魔法力量。

「芯言，我們把握時間進去看看吧！」騰騰説。

芝芝指着購票處前的標示，搖搖頭説：「不行啊！遊樂園還有一小時便關閉，購票處已經停止售賣入場

券！」

芯言看看手錶，焦急地問：「那怎麼辦？」

「你們看！那邊的門打開了呢！」變身成頸巾掛在芝芝脖子上的毛毛伸出手，指向大門左邊的一個出入口說。

「那是給工作人員使用的，怎麼沒有關上門？」芝芝托托眼鏡，説。

「我們就從那邊進去吧！」騰騰急不及待地探出雙手，緊張地拉扯着芯言的頭髮。

「可是被發現的話……」芝芝怯生生地四處張望。

「這個時候不能顧慮太多，再不進去，星之碎片的力量又要消失了！」芯言原本失落的神情重新煥發希望的光彩。

芯言一心只想着柏宇，實在顧不得太多，於是她一手拉着芝芝向職員通道走去。

「我們走吧，最多離開時留下字條道歉。」

入夜後的遊樂園播着輕快的音樂，裝飾的燈泡亮着五光十色的燈光，使機動遊戲和攤位比白天多了一份精彩。這裏的遊樂設施應有盡有，空中鞦韆、海盜船、過山車、迴旋木馬等，其中最矚目的就是樓高十層的巨大

摩天輪。當摩天輪升到最頂端的高度，可以飽覽半個城市的璀璨風景。

　　這個時候的遊樂園人流不算太多，並沒有平日看不見盡頭的排隊人龍。

　　「我感覺到星之碎片的力量就在附近……」芝芝的眼睛不停地搜尋着四周。

　　「鎖定遊樂園為目標，今晚我們必定能夠找到第四位星之魔法少女的！」毛毛充滿信心説。

　　「距離遊樂園關門時間所餘不多了，我們分頭去找吧！」芯言提議説。

　　「嗯，芯言説得對，我們要爭取時間，大家小心啊！」於是芝芝跟毛毛向着前方走去。

　　芯言轉身奔向另一邊，她的神情繃得很緊，邊跑邊神經兮兮的喃喃自語。

　　「芯言，你自放學回家後就一直心不在焉……」掛在芯言頭髮上的騰騰感到不對勁，擔心地問，「到底發生了什麼事？」

　　「嗯……」芯言不知如何開口。

　　「喂！」就在這時，一把聲音從後傳到芯言的耳邊，騰騰立即閉上嘴巴。

芯言回首望過去，出現在她眼前的是一張令人討厭的臉孔。

「鎐玥？怎麼又是你？」

「呵呵！真的是林芝芝那位遲鈍的朋友！」鎐玥語帶戲謔地笑說，「這麼晚還在遊樂園流連，難怪你的成績總是這麼差！」

「哼，你還不是跟我一樣在遊樂園流連！」芯言握着拳頭反駁說。

「我跟你怎麼可以相提並論？」鎐玥冷冷地掀起嘴角，「即使我不溫習，我的評估也一定會取得高分，況且我來這裏是有重要任務在身的！」

「任務？到遊樂園來會有什麼『重要』任務？」芯言不屑地說。

「老師請我當嚮導，好好向交流生介紹這個城市，」鎐玥指着不遠處在攤位前捧着一大隻毛公仔的交流生，「我當然要帶她到訪所有特別的景點啦！」

芯言順着鎐玥所指望向攤位，看到下午見過的依麗莎。她換了一身橙黃色的洋裝，看上去比穿校服時更漂亮高雅。

依麗莎剛好回頭，她定眼看着芯言頭上的髮夾，似

乎被騰騰可愛的模樣吸引着。

　　距離遊樂園關門的時間越來越近，芯言不想再在此磨蹭，只好向依麗莎草草點頭回應。

　　「我沒時間跟你閒聊！」芯言瞄了一下鎶玥，轉身就走，心想：「真倒楣，這個時候居然會遇上令人生厭的鎶玥！」

　　「芯言，你有沒有察覺剛才的女孩身上擁有一種奇特的氣息？」騰騰細細問。

　　「依麗莎？她是我們學校的交流生，她的氣質的確不平凡……」芯言說。

　　「不……我是說……」騰騰尚未說完，就被一個黑白相間的帳篷內傳來的強烈鼓聲暫住了。

　　「咚咚咚咚咚咚……」

　　「咦，這是新的遊戲館嗎？怎麼我以前沒有見過？」芯言忍不住好奇，走到帳篷前看個究竟。樓高兩層的帳篷上掛着一塊大大的牌子，上面寫着「鏡像迷宮」。

　　芯言探頭進去，卻沒看見半個人影。

　　「隨便進去可以嗎？沒有工作人員在的嗎？」芯言說着已走進了「鏡像迷宮」，迎面而來的是一條長長的

走廊，而走廊的左側、右側，甚至是天花頂都鋪滿了鏡子。

「這裏有成千上百個我呢！」芯言提起手，鏡內的影像也一同提手，震撼的視覺效果令芯言嘖嘖稱奇。

「這些鏡子經過巧妙的設計，以不同的角度拼合，才會產生這種奇特的反射效果。」騰騰解釋説。

「可是……這裏好像有種詭異的感覺。」身處這個迷幻的「鏡像迷宮」，芯言彷彿給一雙雙眼睛緊緊盯着。

芯言記得曾經跟家人到外地旅遊，在那兒到訪一個名為「麗莎與卡斯柏」的魔鏡迷宮。那個迷宮內全是光彩耀目的鏡子，就像她小時候心愛的萬花筒——藏在那小小的孔洞內是一個繽紛美麗的世界，裏頭的彩色玻璃所折射的光影令人有種難忘的愉悦感覺。當她走在其中，縱使為找尋出路而感迷惑，內心卻不會像現在的充滿恐懼。

芯言走過一塊又一塊普通不過的玻璃鏡子，倒映出一個又一個神情惘然的自己。起初芯言不以為意，但漸漸，她覺得鏡中的倒影跟自己的動作似乎不太同步……

她用雙手揉一揉眼睛，再望向身旁的鏡子，沒發現

任何異樣。她敲一下自己的腦袋，想提醒自己不要胡思亂想，竟不小心打中變成髮夾的騰騰。

「哎唷！」騰騰吃痛地變回兔子的形態，他跳到芯言的肩膀上喊道：「很痛啊！」

芯言一臉歉意對騰騰說：「對不起啊！」

「唉，你總是這麼大意！」騰騰望向四周的鏡子，警戒地說：「我覺得這個遊戲館有點不妥……不知怎地，彷彿有一股莫名其妙的惡意充斥在這裏。」

「是敵人嗎？」鏡中的芯言直直的盯着自己，令她不禁打了個寒顫。

「我不敢肯定，不過如果是魔獸之類的東西，我的鼻子一定能嗅出來的。」騰騰豎起耳朵，從芯言身上跳到地面，走向長廊的盡頭。

芯言追着騰騰，問：「那我們要不要先會合芝芝和毛毛？」

「在那邊！」未等芯言說完，騰騰似發現了什麼，一下子向前急速奔跳。

「啵！」他應聲沒入長廊盡頭的一道拱形入口，瞬間失去了蹤影。

「騰騰──」芯言從後趕上，誰料當她跨步進入那

道拱門後，卻驚悉裏頭漆黑一片，伸手不見五指。

驚魂未定的芯言腦海閃過這遊戲館的名稱——「鏡像迷宮」，她思忖：「莫非這裏設下了機關，自動分隔進來的人，所以騰騰才會在剎那間不見了？」

芯言想起自己本身就是一個方向白痴，每次玩迷宮遊戲都要依賴朋友、哥哥才可以突圍而出。如今只有自己一個人，心底不禁湧起原路折返的念頭。

當芯言還在猶豫之際，昏暗的房間忽然明亮起來，原來是芯言頭頂的一盞水晶燈作怪，燈泡散發的光透過晶瑩剔透的水晶折射，令整個房間充滿着絢麗的色彩。

待房間明亮起來，芯言才發現眼前的並不是一個普通的房間，而是一間個布滿鏡子的六角形鏡室。

「一、二、三、四、五、六……」芯言被團團的鏡子圍着，轉了一圈後根本記不起哪面鏡背後是她進來的入口。

鏡面反射創造出無限延伸的影像，芯言被困在這間六角形鏡室之內。

「騰騰！」她向着鏡子叫喊，清脆的聲音在鏡室內迴響。

（騰騰……騰騰……騰……騰……）

「出口一定藏在其中一面鏡子內！」她急得眼淚凝在眼角，她知道現在只有靠自己了。

芯言走近每一塊鏡察看，希望找到逃出這鏡室的關鍵。她記得在電影中看過的每間密室都設有啟動出口的機關，更何況這裏是供人娛樂的遊戲室。她深信只要找到，就必定可以離開。

但事情並不一定如想像般順利，當芯言檢查到第三塊鏡子之時，她被眼前的景象嚇了一跳！

「為什麼會這樣的？」芯言看到鏡中的自己竟然換上了魔法少女的裝束。

於是芯言立即用手摸一摸自己的臉蛋，又低下頭檢查一下身體，鏡中的人同樣做出一模一樣的動作。

「怎麼會變身了……」芯言確認現實中的自己根本沒有換裝，可是鏡中一臉茫然的那個自己又是那麼真實，那一身閃亮而華麗的戰衣、瀏海下露出來的額環、繫在胸前那紫色配上粉紅的蝴蝶結、輕巧的白色短靴、還有手中的光之魔杖。芯言出神地凝視着鏡中的自己，下意識把手慢慢地伸向那個「她」。

突然，鏡中出現了一個小男孩的身影靠近芯言，於是芯言本能地轉身向後回望，但背後一個人影也沒有。

「是我眼花嗎？」芯言伸手揉了揉眼睛，再次望向鏡子。她清晰地看到那一身魔法少女裝束的自己身旁站着一個可愛的小男孩，而那小男孩親暱地牽着鏡中芯言的手。

芯言的心猛然一抽，恐懼的感覺油然而生，她不敢相信地退後兩步，嘴裏吐出：「這不是普通的鏡子……」

「說得對呀，這是一塊能夠映照出內心最真實一面的鏡子，它可以透視一個人的不同身分！」鏡中的小男孩彬彬有禮地對着鏡外的芯言欠身鞠躬，「希望沒有把姐姐你嚇怕呢！」

為了掩飾內心的慌張，芯言壯起膽子放聲說：「你倆是誰？別躲在裏面了，快出來吧！」。

「我是誰？」鏡中變身後的芯言竟聳聳肩，搖着頭反問鏡外的芯言：「難道你連自己也不認得嗎？」

「不可能的，你不是我，你們到底是什麼人？你為什麼要扮作我？」

「呵呵呵！鏡子的世界很好玩的哦！」鏡中的芯言嘴角浮出笑意，然後「她」身後綻放出銀亮的光，一束束耀目的光散射出來襲向鏡子面前的芯言。

嚇得雙腳發軟的芯言不知所措地倒坐在地上，她甚

至忘記了自己可以變身做星之魔法少女抗敵。

「不⋯⋯不要！」刺眼的銀光逐漸把芯言包圍，一股強大的吸力霎時從鏡子裏頭拉扯着她，可是她無力抵抗，就像一尾離開了水的魚，只能任人擺布。

芯言感到一陣眩暈，在失去意識之際，她想起一個人，一個永遠在關鍵時刻出現，三番四次拯救她的人。

「柏宇──」

似要吞噬一切的強光恍如有生命般急速竄回鏡子裏頭，連帶芯言都隨着這道光消失在鏡室之內，一閃而逝。

周遭再次墜入一片黑暗，一切彷彿從來都沒存在過一樣。

＊　　　　＊　　　　＊

與此同時，在「鏡像迷宮」的另一邊，與芯言失去聯繫的騰騰不斷來來回回地在九曲十三彎的迷宮裏狂奔。他懊惱自己的衝動，令跟在後頭的芯言跟不上。待騰騰醒悟過來，開始擔心芯言遇上危險時，他已摸不透前路。他慌忙調頭跑，誰料越心急就越深陷這迷陣當中。

「芯言啊！芯言！」騰騰不斷在迷宮裏喊着，但喊

出的聲音被一面又一面鏡子反彈，聲量在狹小的空間中無限放大，把他的小耳鼓刺痛，他心想：「這迷宮一定有古怪，我嗅到這裏滲透着一絲黑魔法的氣息……」

「噠噠……噠噠……」

「芯言！芯言，你在哪裏啊？」

「噠噠……」

「芯言——」

突然，前方傳來一陣女孩的尖叫聲，騰騰二話不說便循着聲音急奔過去。

「芯言？」眼前的少女並不是芯言，而是芯言的好友——另一位星之碎片的主人——芝芝！她身邊的是他再熟悉不過的毛毛。

從芝芝一臉驚惶失惜的表情，毛毛鼓着臉戒備的樣子，任誰都察覺得到異樣。果然，當騰騰朝芝芝視線一望，就連見多識廣的騰騰也嚇了一跳。

「不可能的！」騰騰從鏡中瞧見一身星之魔法少女裝束的芝芝，但不同的是鏡內那個「芝芝」一臉自信，更充滿邪氣。她雙手那對魔法手套已貫滿藍晶星光力量，而目標……

正是嚇得發愣的芝芝！

「芝芝，快變身啊！」擋在芝芝身前的毛毛早已變身為巨大北極熊，他雙臂有不少被割破的傷口，但無奈任他如何叫喊，身後的芝芝也沒有回應。

「怎會這樣的？鏡裏的『芝芝』……那股力量分明就是星光力量！」騰騰同樣被眼前的情景弄得慌亂，心裏更是擔心在迷宮走失的芯言。

「芝芝——」

「毛毛……我不能……」芝芝退到背貼着後面的那塊鏡。

「不能什麼？」毛毛問，雙眼卻一直盯着眼前的「芝芝」。

「不……就是不能攻擊自己啊！」芝芝急得哭了。

「嘻嘻！對啊，怎能攻擊自己呢？會很痛啊！但我不同，」鏡裏的「芝芝」舉起貫滿星光力量的手望了望，「我可是毫不介意攻擊你啊！」

「嘻！藍晶星光力量，冰花飛濺！」鏡裏的「她」使出芝芝的絕技，一片片帶有尖刺的冰花射向擋在芝芝身前的毛毛。毛毛雖然痛，但他一步也沒有退縮，繼續保護着芝芝。

「芝芝——」騰騰唸出咒語變身為大兔子，但不是

撲前攻擊鏡中的「芝芝」，而是一臉慌張的衝向毛毛身後的芝芝，因為……

「嘩啊！毛毛……騰騰！」芝芝驚呼。

「什麼？」毛毛回頭，大吃一驚，他萬料不到這詭異的敵人根本志不在正面攻擊！

原來芝芝身後又出現了另一個「芝芝」，「她」竟從鏡中伸出雙手從後抱着芝芝，硬生生把她拉進鏡子之內。

騰騰撲前咬着芝芝的裙腳，想要把她拉住。然而吸力太強勁，就連他也被拉進鏡內，一瞬間失去蹤影。

毛毛不理會把他割得體無完膚的攻擊，勉力轉身撲向身後的鏡子，揮出一記巨熊拳。

「劈啪！」鏡子應聲粉碎，但芝芝和騰騰早已消失得無影無蹤。

「嘻嘻！再來，這招挺好用的。藍晶星光力量，冰花飛濺！」

面對「假芝芝」的猛烈攻勢，毛毛已無力再擋下身後致命的一擊。

「芝芝……」在閉上眼的一刻，他仍然心繫芝芝，這是守護精靈與魔法少女心靈上的羈絆。

「受死吧！」

「停手！黃晶星光力量，閃光雷電——」

鏡子裏的奇幻世界

「你醒了嗎？」一把稚嫩的聲音傳入芯言的耳朵。

芯言緩緩張開雙眼，就像從半睡半醒的夢中突然醒來一樣，她晃了晃暈乎乎的腦袋，映入眼簾的是剛才那位出現在鏡子裏的小男孩。

小男孩看上去大概八、九歲的樣子，他一張圓圓的臉蛋陷着水汪汪的大眼睛，煞是可愛。他穿着絲光面料的白色襯衣，套上一條豆綠色的吊帶短褲子，給人一種淡雅的氣質。

「這裏已經很久沒有客人了，我真的很高興你來陪我玩！」小男孩用一雙亮晶晶的大眼睛望着芯言，略顯淘氣。

「為什麼我會在這裏……」芯言感到迷迷糊糊，她完全記不起自己為何會置身這個奇異的地方。

這個地方的物件不受地心吸力和空間的限制，河水可以流到天空，一條條掛着彩色音符的五線譜彎彎曲曲的從地面無止境的往上伸延，玻璃飛鳥、發光的花、帶着香甜味道的風……所有東西的色調都十分柔和，就像

用粉彩畫的圖畫般夢幻。

最奇特的是這裏四周都掛着許多不同大小和形狀的鏡子，空中、樹上、地面，甚至在水裏都有，奇幻迷離。

「歡迎來到鏡像世界！」小男孩漾着令人目眩神迷的笑容，怎樣看也不像是個壞人。

「鏡像世界？」芯言的腦海一片空白，她瞪圓眼睛眺望四周，發現自己正站在一個無邊際的大草坪上。

「對啊！這裏是一個很好玩的地方，只要你說出來，想要什麼場景也可以！」小男孩輕盈地翻了一個筋斗，一下子就飛到遠方去。

他張大嘴巴高聲喊着芯言：「過來吧，讓我先帶你參觀一下這個彈彈草原吧！」

「什麼？」芯言聽不清楚，於是趕緊跑向小男孩，她一提腳，身體便彈得比自己還高。芯言完全不能控制力度，眼見快要從半空掉下來，她驚慌失措地大叫：「救命呀！」

「哈哈！這個彈彈草原底下全是彈弓，就像彈牀一樣。只要輕輕一跳，就可飛到半天高！」小男孩屈膝一躍，細小的身體立即彈上半空把芯言接住，然後二人一

起向着地面掉下去。

「我們正墜下去啊！」芯言望着距離越來越近的地面，嚇得拚命掩着眼睛高聲呼叫。

小男孩被芯言的尖叫聲刺得耳膜差點也穿破，於是隨手把她拋向一片雲朵上。

「哇啊！」芯言慌忙地抓緊雲朵，雲朵竟然軟綿綿得像棉花糖一樣把她穩穩載住，「為什麼會這樣的？」

「這個地方可以隨心所欲，不受現實規條的諸多限制，什麼事情也有可能發生！」小男孩看着芯言花容失色的樣子覺得非常有趣，他跳到雲上倚在雲朵的邊緣坐着，雙腳在半空中搖晃，隨意地伸手向雲朵撕了一小塊放入嘴巴，說：「這塊是牛奶味呢，你也試試看吧！」

芯言平伏着急喘的呼吸，堆起僵硬的笑臉搖頭道：「不如我們先回到地面再說吧！」

「好吧……」小男孩聳聳肩，他一彈指，一片又一片雲朵像小綿羊一樣乖巧地從天空往地面排着隊。

小男孩牽着芯言沿雲梯往下走，安全地把她帶回地上。

驚魂未定的芯言好不容易才腳踏實地，虛脫的感覺教她一下子跌坐在地。

「你沒事吧？」小男孩蹲下來看着臉如土色的芯言，他打開原本緊握的拳頭，手心變出一朵發光的花遞向芯言。

　　「給我的嗎？很漂亮呢！」芯言第一次收到別人送來的花朵，而且還是一個帥氣的小男生送給她，她的心頓時甜絲絲的。

　　「啊！差點忘記介紹自己，我叫小牧。」小牧投來一個充滿陽光的笑容。

　　「小牧，我是芯言，我……」芯言皺着眉努力地想，她感到思緒混亂，彷彿被抹去部分記憶，只依稀記得自己的名字，「怎麼其他的事好像一概都想不起來？」

　　「忘記了也沒所謂啊！這裏有多姿多彩的玩意，你一定會喜歡上的！」小牧沒理會芯言的疑問，他拉着芯言的手，沾沾自喜地説：「芯言姐姐，我很高興在這裏見到你呢！」

　　「可是……」芯言心頭一揪，感覺有點不妥當，卻又説不出緣由來。

　　突然，小牧不知從哪裏弄來一把木結他抱在懷中，靈巧的手從容自若地彈奏出優美的旋律。他隨着悠悠流

轉的樂聲問：「你喜歡音樂嗎？我可以為你演奏一曲呢！」

芯言被小牧的音樂攝住，彷彿有一股神秘的力量掏空了她的思想，令她未能抽身。

「只要你願意留下來，所有美好的事物都會出現在眼前，而且統統屬於你！」小牧的説話令芯言心動，她漸漸陶醉在這個地方，「芯言姐姐，你就別再想其他的事情，答應留下來吧！」

「我……」芯言硬是覺得有點不對勁。

「你喜歡什麼？這裏還有數之不盡的童話場景呢！跟我來吧！」小牧手中的木結他無聲無息地憑空消失了，他拉着芯言穿過另一塊橢圓形的大鏡子，一轉眼便來到另一個完全不一樣的地方。

他們身處一個狹窄又細小，還堆滿雜物和打掃工具的閣樓。這裏只有一個小氣窗，透入微弱的光線。

「這是什麼地方？」芯言擠出微弱的聲音問小牧。

「你猜猜看！」小牧揚起眉指着角落，芯言順着他的手指看過去，看到一位穿着破舊衣裳的少女蜷縮着身體，把頭埋在膝蓋下。芯言覺得很好奇，於是走過去看個究竟。

「發生了什麼事？」芯言拍拍少女，問。

「王子邀請了全城的女孩出席舞會，我很想參加。原本媽媽答應只要我分好混在一起的豆子便帶我一起去，可是姐姐們在出門前把分好的豆子打翻，還把污水倒在我身上……」少女雙手搗着臉頰，淚水像缺堤一樣一發不可收拾，哭得非常淒涼。

芯言環顧四周，感覺這場景似曾相識，便問少女：「你叫什麼名字？」

少女抬起頭，雙眼凝着淚水，答：「我嗎……大家都叫我灰姑娘。」

「灰姑娘！」芯言叫道，輕聲跟身邊的小牧說，「我們進入了童話故事的世界嗎？」

小牧掀起嘴角，微微點頭，說：「不如你幫她一把吧。」

「我？」芯言感到興奮。

「在這個世界，你可以隨心所欲的啊！」

「我也做得到嗎？」芯言愕然地問。

「嗯，試試看吧！」小牧望着芯言，又望向灰姑娘。

芯言躊躇了一會，想着如何是好，她碎碎唸着：

「我現在要怎樣做呢……」

「不如使用魔杖吧！」小牧提起手，手心變出一枝發光的木魔杖交給苦着臉在思索的芯言。

灰姑娘見狀緩緩站起來，她揉揉眼睛把頭探前貼緊芯言，瞇縫着雙眼打量眼前人，道：「原來是一雙小姊弟！你們為什麼會來到我的房間？」

「什麼？灰姑娘竟是個大近視！」芯言暗忖，她解釋說，「我們是來幫你的！」

灰姑娘聽了立即拭去眼淚，臉上呈現燦爛的笑容，高興地問：「你們有法子帶我到舞會去嗎？」

芯言猶豫了一下，她望向小牧，小牧點點頭表示鼓勵。

「要去舞會，首先要一條美麗的裙子呢！」芯言說罷，向着灰姑娘揮動手中的魔杖，魔杖發出閃閃光輝，灰姑娘的裙子一下子由破爛的舊裙子搖身一變，換成高貴的淺藍色、鑲嵌了閃爍寶石的晚禮服。

「啊！」灰姑娘看到美麗的裙子激動得說不出話來，她把頭湊在鏡子前左扭右轉，實在不敢相信眼前的一切。

芯言也不敢相信眼前這煥發出光芒的少女就是剛才

哭得雙眼紅腫的近視小姑娘，可謂完美演繹出「人靠衣裝」這一個詞語。

「這條裙子的確很合身！」芯言再揮動魔杖，說，「啊！還有髮型呢！」

灰姑娘的一頭柔軟金髮自動盤起來，上面繫上一條跟裙子同色的緞帶。

「哎呀！」灰姑娘拉起裙子走了兩步就被地上的雜物絆倒，整張臉埋在地上。

「你沒事嗎？」芯言急忙地扶起她，「看來你的視力不太好！」

「嘻嘻……我常常摸黑工作，所以眼睛看得不太清楚！」灰姑娘笨手笨腳的揉着眼睛。

「那你需要一副眼鏡，不……隱形眼鏡才對呢！」芯言說着，手中變出一副隱形眼鏡來，「我教你戴上去，如果度數有誤差，我再微調一下！」

灰姑娘照着芯言的方法把隱形眼鏡戴上眼睛，她眨動着水汪汪的眼睛，捲翹而濃密的長睫毛輕輕掃過寶藍色的明眸，不施脂粉也閃耀着光芒，看上去簡直是一個貴氣的公主。

「眼前的事物變得很清晰呢！有了這魔法寶物，我

走路時再也不會碰壁了！」灰姑娘高聲歡呼。

「噹噹噹噹……」掛牆的大鐘響起來，喚醒了陶醉在鏡子前的灰姑娘。

「糟了，舞會要開始了！已經趕不及！」灰姑娘蹲在地上，雙手掩着臉失望地說。

「不要擔心！跟我來吧！」芯言扶起灰姑娘，一溜煙走到樓下，推門到屋外去。

來到後園，芯言左探右看，然後用魔杖碰了碰田裏的南瓜，南瓜立即像一個吹氣氣球不斷膨脹，變成一架精緻的南瓜車。她又把嚇得慌忙逃跑的田鼠一家變成馬匹和僕人。

「這樣就可以了！」芯言點點頭，滿意地對看得傻了眼的灰姑娘說，「現在趕去還來得及呢！」

灰姑娘萬分感激的抱住芯言道謝：「謝謝你，仙子妹妹！」

「我竟然成為了故事的其中一員！」芯言心裏笑着說。

「等一下！」就在灰姑娘踏上馬車時，芯言把她叫住，「還有最重要的玻璃鞋！差點忘記呢！」

芯言變出一雙晶瑩剔透的玻璃鞋套在灰姑娘腳上，

語重心長地提醒她：「十二點以後魔法會自動解除，你要緊記啊！」

「知道了！」美麗的灰姑娘從南瓜車內探出頭來，揮手向芯言道別，「再見！謝謝你啊！」

「祝你跟王子有一個美好的晚上呢！」芯言目送着灰姑娘離去，望着越來越細小的南瓜車漸漸隱沒在夜色中。她明明早已知道故事的結局，但置身其中卻有着一種無法言喻的奇妙感覺。

「芯言姐姐，你做得很好啊！」小牧欣賞地稱讚芯言。

芯言驚覺原來自己也可以令人幸福，她腼腆地說：「不要取笑我吧！我只是跟着設定去做。」

「叮叮叮叮……」這時候，半空中突然閃出彩色的光暈，就像極光一樣美麗。

「糟糕！我們快躲開……」小牧一手拉着芯言躲進草叢中。

「為什麼？」芯言奇怪地問。

「別作聲，你看看上面！」小牧輕聲說，指着空中漸漸呈現的身影。

「是真……真正的……仙……仙子啊！」芯言瞪大

眼睛望着上空，結結巴巴地說。

「咦，這裏不是有個需要幫忙的少女嗎？」長着翅膀的仙子焦急地探頭四看，她一臉懊惱地自言自語，「難道我弄錯了時間？」

藏身草叢的芯言跟小牧面面相覷，芯言攤開雙手擺出一副「現在怎麼辦？」的姿態。

「別管了，我們去別的鏡子吧！」小牧聳聳肩，牽着芯言的手穿過剛才進來的鏡子，回到彈彈草原。

「呼！希望不會給真正的仙子添麻煩呢！」離開了灰姑娘的童話世界，芯言頓然舒了一口氣。她望向身邊大大小小的鏡子，滿頭問號的問小牧：「到底這裏共有多少塊鏡子？」

「我也不知呢！」小牧用手指抵着下巴，頓了一頓，「總之有很多很多……每塊鏡子都是一個獨立的世界。」

芯言走向一塊圓圓的鏡子探看裏頭，那是一個綠樹濃蔭的森林，林中野花遍地，一個穿着紅色斗篷的小女孩站在蔚藍的天空下，挽着滿滿的果籃快樂地哼着歌。

「哈哈，是可愛的小紅帽呢！」芯言笑說。

芯言轉身走到另一塊藍色鏡框的鏡子跟前，鏡中白

茫茫一片，風雪冰封了大地，紛飛的雪花在空中無休止地散落着，一個看似是弱小的少女在大雪中唱着激昂的歌：「Let it go... Let it go...」

「是《魔雪奇緣》的愛莎……」芯言激動地看着少女，她很喜歡這部動畫，是愛莎的忠實粉絲。

她入神地看着愛莎憑一己之力用魔法建造了一座宏偉的冰雪城堡，然後遇到千辛萬苦前來尋找她的妹妹安娜……

這裏每一塊鏡子都蘊藏着不同的故事，芯言不用走入鏡內，只是在鏡子前窺探，就已經感受到故事的絢麗多采。她看了一塊又一塊，就像看了一部又一部緊張刺激的電影一樣，欲罷不能。

看着看着，芯言被一塊沒有鏡框，看來平凡不過的鏡子吸引着。她走過去，在鏡面看到一個長着一把橘紅色長髮，穿一身華麗戰衣，手持弓箭的少女背影。這個女孩很眼熟，那把亮麗的頭髮本應令人有着深刻的印象，可是芯言卻無法在腦海中找到她的記憶。

長髮少女轉身回眸，她先是錯愕，然後飛身一躍撲到鏡前，一臉詫異地問：「芯言！你為什麼會在鏡子裏？」

「她竟然看到我？她怎麼會知道我的名字？」芯言嚇了一跳，心中充滿了疑惑。其他的鏡像全是單向的，怎麼這一塊鏡裏頭的人不單看到她，還能喊出自己的名字？

「芯言！你聽見我的聲音嗎？」

「砰砰砰……」長髮少女用力拍打鏡面，可惜堅硬的鏡子並沒有破裂，「芯言！你不要被迷惑啊！」

坐在一旁的小牧聽到巨響便立即跑過來，但見鏡內的少女舉起燃燒着熊熊火焰的弓，連續射出一枝枝火紅色的箭，於是他慌忙地拉開芯言，再向鏡子揮一揮手——一襲白色的羽毛隨即飄往鏡子修補被箭劃出的裂痕，使鏡中的影像漸漸變得模糊。

「芯言……」那一層層羽毛慢慢把長髮少女的叫喊聲隱沒起來。

「小牧，這塊鏡子裏的少女是誰？為什麼她會知道我的名字？」芯言着急地查問，「我好像在哪裏見過她，可是想不起來……」

「你認得她？」小牧臉色一沉，緊緊地咬住了嘴唇，喃喃地説：「你不可能記得的……」

「你説什麼？」芯言問，「我聽不清楚啊！」

「沒……沒什麼……」小牧吶吶地道。

「可是……」芯言對剛才那少女的身分仍然耿耿於懷，她不斷追問，小牧卻刻意迴避。

這時，一陣充滿香甜味道的微風吹來，芯言感到自己的記憶也隨着風溜走，對於過去的印象變得越來越朦朧。

「來吧，我帶你到另一個更好玩的地方！」小牧噘着嘴拉開芯言，轉身跳入旁邊一塊金色框的連身鏡子，穿越至另一個空間。

小牧跟芯言來到一個鋪滿黑白地磚的地方，芯言眨眨眼看清楚四周環境，發現原來自己站在一個巨大的棋盤上，身邊擺放着巨大的西洋棋，每一枚的高度都要比她還要高一點。棋子畫上了粉嫩色系的花紋圖案，可愛極了！

「芯言姐姐，快跳上來，跟我來下一盤棋吧！」小牧騎在國王的棋子上，向着芯言宣戰。

「哇，這個棋盤很大呢！」芯言瞪大眼睛四處張望。

「哈哈，看我怎樣打敗你吧！」小牧對巨大棋子發號施令，棋子便自動移動。

「才不！我可是棋盤高手呢！」芯言跳上皇后的棋子上，擺出一副必勝的姿態。

芯言感覺置身大人國一樣，玩得樂不可支！她跟小牧下了一盤又一盤棋局，各有勝負，樂極忘形的她很快便忘記了剛才那個少女。

令人垂涎欲滴的糖果屋

　　天色開始昏暗，小牧見芯言露出疲態，於是從口袋取出一塊小鏡子放在地上，鏡子隨即變大了好幾倍。

　　「芯言姐姐，時候不早了，我們回家休息吧！」小牧説罷，一腳踏入地上的鏡子去。

　　「嘩！」芯言望進鏡子，看到一間色彩繽紛的糖果屋。單單望着屋外那些糖果，已教人垂涎欲滴。

　　「等等我啊！」小牧在鏡內的身影越走越遠，芯言害怕會跟小牧走散，急得馬上跳入鏡像世界去。

　　芯言沿着巧克力小路追上去，來到一間巨大的糖果屋。當小牧推開大門，芯言看見裏頭從牆壁、天花板、地磚、桌椅，到房頂那鏤空的吊燈，所有的東西全是用精美的糖果製成的，而且有數之不盡的美味零食懸浮在半空中，七彩的棉花糖、香甜果汁、啫喱布丁、可口涼果、冰涼雪糕，還有果子糕點，看得芯言眼花繚亂。

　　「我進入了糖果屋的童話世界嗎？吃孩子的巫婆會出現嗎？」香濃的巧克力味道包圍着芯言，她既興奮又擔心地問。

「哈哈！這是我的屋子，所有零食都可以隨便享用，吃掉了第二天便會自動補充，而且吃多少也不會令人發胖，更不用擔心會有女巫跳出來要你賠償！」小牧笑得開懷，他越來越喜歡芯言了，想跟她分享這個世界的一切，「這裏沒有煩人的功課、討厭的評估，也沒有病菌、痛楚，你可以從早到晚一直吃喝玩樂。只要是你喜歡的，這裏總能夠源源不絕的提供，完全沒有限制！」

「真的很奇妙啊！」芯言讚歎說。

「不僅如此呢，還有美麗的衣服飾物、精品擺設、有趣的動畫、刺激的電影和新款遊戲機，你想要什麼也可以，」小牧隨手把懸浮半空的啫喱糖摘下來，咬了一口說，「保證你會樂而忘返的！」

「在這裏真的想要什麼也可以？」芯言渾然不覺的重複着小牧的話。

「當然！留在這裏才是最幸福！」小牧含着糖果感歎地說。

芯言沉醉在糖果屋的甜蜜氣氛，沒有把小牧的話聽入耳中。當她興奮地把玩着各種小擺設時，馬上又被取之不盡的美食吸引過去，忍不住要親身嚐遍眼前各款

糖果。

「你可以慢慢吃個夠，我先帶你到房間看看吧！」
小牧帶領芯言走上一道啫喱糖鋪成的樓梯，來到一間別
緻的房間。房門上掛着一個白巧克力製的牌子，上面寫
了「芯言的房間」。

「這是我的房間嗎？」芯言輕輕推開門，一下子看
傻了眼。

寬敞的房間充斥着香甜的味道，睡牀是一個巨大的
馬卡龍，牀褥是夢幻色彩的棉花糖，衣櫃是塗上奶油的
格仔餅，而夾心餅造型的書櫃上擺放着各種由巧克力製
成的書籍和裝飾品，房間內還有一個放滿牛奶的私人浴
室。

「怎樣？喜歡嗎？」小牧笑着問。

「太……太喜歡了！」芯言跳上軟綿綿的牀上，隨
便咬一口，這是她吃過最美味的棉花糖。

「我想你也累了，今晚就好好休息吧！」小牧說罷
便轉身離去。

芯言泡了個牛奶浴，躺在牀上吃了許多不同味道的
糖果，又翻看了幾本書架上巧克力圖書。她實在太興奮
了，輾轉反側，始終不能入睡。

「小牧！小牧！」芯言打開房門喊道。

「砰砰砰砰！」急速的步伐從樓梯傳來。

「發生了什麼事？」小牧緊張地問。

「沒什麼，只是我怎樣也睡不着。」

「試試數綿羊吧！」小牧提議説。

「我數了一遍又一遍，綿羊們都累得紛紛睡去了！」芯言掩着嘴巴笑説。

小牧舒了一口氣，問：「那你想做什麼？」

「不如你陪我聊一會，聽説聊天有助入睡的！」芯言合上雙手，誠懇地請求説。

「聊天？」小牧搔搔頭，猶豫了一下，「不太好吧……我是個小孩，什麼也不懂……」

「我又不是考你數學難題，莫非你不喜歡聊天？還是你已經累透了？」芯言一口氣説。

「不是……唉，算了，就跟你聊一會吧……」小牧望着芯言一臉渴望的樣子，無奈地答應了。他跳到窗台上，屈膝而坐。

「哈哈！小牧你真好！」芯言臥在牀上，説，「剛才我一直在想自己為何來到這個地方……除了記得我的名字是芯言外，其他一概忘記得一乾二淨。」

「芯言姐姐，你就別勉強自己了⋯⋯」小牧望着窗外，閃閃繁星就像明珠一樣鑲嵌在天幕上。

「也對，既然想不到就由它吧，我相信早晚會記起的⋯⋯」芯言語氣一轉，問，「小牧，你是否也忘掉了過去呢？」

「不，我永遠也不會忘記的！」小牧激動地衝口而出，他頓了一頓，似乎有一些難言之隱，「我⋯⋯」

芯言不敢貿然打擾，只是靜靜地等待。良久，小牧終於再次開口：「我住的地方長年下雪，那裏住着一位非常美麗且聰慧過人的公主，她擁有強大的魔法力量，足以保衞着整個王域。雖然天氣寒冷，但人民和睦相處、豐衣足食，過得很快樂。」

「就像《魔雪奇緣》的世界一樣嗎？」芯言問。

小牧苦笑，也許經歷這一段時間的相處，小牧已受芯言樂天的性格感染而變得鬆懈，不自覺吐露了自己身世的秘密：「差不多吧，我家鄉的公主更美麗、更聰穎、更厲害，她可以明辨對錯，化解一切的紛爭，大家都很喜歡她⋯⋯」

小牧伸手輕輕一抹，奶白色的天花驟然變成一個天幕，躺在牀上的芯言恍如置身電影院中，一個又一個舞

動的身影漸漸變得清晰，蓬鬆的雪花在空中揚揚飄落而下，像巨大輕軟的羊毛毯子覆蓋在這廣漠的平原上，如同欣賞着介紹名勝景點的旅遊節目。

參天大樹掛滿了蓬鬆鬆的雪球，小花小草堅韌地長起來，大地充滿着生氣；雪地裏長滿厚厚長毛的小動物嘰嘰喳喳，你追我逐；孩子的歡笑聲、精靈的嘻笑聲、鳥兒的歌聲交替響起；家家戶戶在寒冷的天氣下熱情不減，這個被綿綿白雪裝飾着的世界正流淌着滿滿的生命暖流。

「這個地方美麗得像個仙境呢！」芯言被眼前的美景震懾。

一位高雅貴麗的公主從城堡出來巡視，身邊還伴隨着一隻像個雪白毛球的守護精靈，公主受盡所有人民的愛戴，畫面停留在一片和諧歡樂的氣氛中。

「怎麼我覺得那隻毛茸茸的精靈很眼熟……」芯言偏着頭，想來想去也想不通。

「這不過是不久以前的事，那忠心的守護精靈後來被公主委派了一項重要任務。就在他離開王域的第二天……」小牧的話音未落，就傳來巨大的響聲。

「轟！」突然，天空閃出一道白光，刺眼得令人感

到痛楚。

影像中整個世界變成了大冰窖，一下子大雪滿天飛，凜冽的風像妖獸般吼了起來，大地凍裂了縫，山巒冷得在顫抖，河流也頓然僵住了，連空氣也似乎要被冰封起來。公主站在高山上使出凜冽的冰雪魔法力抗敵人，可惜寡不敵眾，一片令人窒息的黑芒從四方八面吞噬這垂死掙扎的雪海……

「啊！」芯言瞪眼看着一切都被黑芒湮沒，她急着問，「那……公主現在怎麼了？」

芯言的話正中小牧的傷心處，各種各樣的感受正在小牧的心坎洶湧地翻騰着，他哽咽答道：「我不知道。」

小牧垂下頭一揮手，天幕立即回復原本的奶白色，一切歸於平靜。

「對不起，令你感到難過。」芯言愧疚地説。

「我説得太多了，快睡吧！」小牧從窗台跳下來，準備離開房間。

就在關上房門前一刻，芯言問：「小牧，我們是好朋友吧？」

小牧心坎一抽，愣了一下。

「好朋友是應該互助互愛的，今後如果有人欺負你，我一定替你出頭，」芯言誠懇地說，「要是你願意，我們可以一起分享快樂，分擔憂愁！」

「芯言姐姐……」小牧被芯言這番真摯的話弄得鼻子也酸了，他的姐姐被抓之後，已經很久沒有人關心過他了。

「你不拒絕，那就一言為定了！」芯言燦爛地笑，「那麼以後有什麼難過的事，我也跟你一起分擔吧！」

「嗯！」芯言的說話像一股暖流在小牧的身體裏流轉，令他感動不已。

小牧離開芯言的房間後，回到了地下的大廳。半晌，他的心像被捏碎一樣，令他痛得半跪在地，幾乎要暈倒。就在這時，他面前捲起一陣濃烈的黑芒，一個身影從黑芒中走出來。

「賽斯迪大人！」小牧戰戰兢兢地向他行禮。

「你為什麼遲遲不對付那個星之魔法少女？」

小牧按捺着心坎的痛解釋說：「賽斯迪大人，請你給我一點時間，我會令她心甘情願留在鏡像世界。她將不會再記起現實中的一切，絕不會對黑暝領主構成威脅！」

「這不是我把她引來鏡像世界的目的，只要她仍然存活，星光寶石也有機會拼合。」賽斯迪叮囑小牧，「我提醒你，你在鏡像世界內的魔法力量都是我借給你的，若不照我的吩咐去做，我可不能確保你非常尊敬的那位公主姐姐的安危，而藏在你體內的冰刺也會把你的心臟慢慢刺穿。」

　　「對不起，賽斯迪大人，我明天一定會把她……把她……」小牧含着淚低下頭，他望着大拇指上那枚屬於姐姐的藍寶石戒指，無論如何也説不出那麼殘忍的話。

　　賽斯迪冷哼一聲，他的身體像影子般搖曳不定，漸漸消失，只留下沒有音調的警戒：「你好自為之吧。」

向迷宮堡壘出發

「芯言姐姐！」

「是誰啊？讓我多睡一會吧！」

「我是小牧啊！你快起來吧！」小牧在芯言的牀邊大聲叫喊。

「啊……小牧……」芯言不情不願地從溫暖的被窩中探出頭來，帶着惺忪睡眼的她望了小牧一眼又立刻閉上眼，倒頭繼續呼呼大睡。

「你要睡到什麼時候啊？」

「你沒有聽過嗎？拿起來放不下的是零食，躲進去出不來的叫被窩！」賴牀一直是芯言最大的本領，無論在哪個地方都一樣。

「哈哈，笑壞我了！」小牧拉開窗紗，陽光和清風立即湧入房間，「我做了早點，快起來吃吧！」

「已經天亮了嗎？」芯言緩緩地揉着眼睛。

「再不起來，你便會看到日落了！」看到芯言亂蓬蓬的頭髮就像一隻樹熊，小牧忍不住捧腹大笑。

芯言無奈地坐起來，她伸一下懶腰，眨了幾下眼

睛，腦袋還是有點混沌，呢喃着：「我好像整晚都在做怪夢呢！」

「是怎樣的怪夢？」小牧好奇地問。

「我聽到一把顫抖的聲音從遠處傳來，像是在叫喚我。那聲音似曾相識，應該在哪裏聽過，」芯言感到夢中那餘音仍繚繞在自己耳邊，「我看到一隻長着長長耳朵，眼睛像紅寶石一樣漂亮的小兔子拚命地跑，還不停地叫喚我的名字。牠好像在躲避什麼似的，不知是否遇到了危險……」

「兔子？在什麼地方？」小牧一怔，緊張地問。

「嗯，那個地方很特別，像一座堡壘，也像一個大迷宮；感覺很神秘，卻很真實。」芯言憑着直覺說，「我覺得可以在那個地方找回失去了的記憶。」

「你在夢境裏還看到什麼？」小牧嚥下口水，輕輕地蹙起眉頭。

芯言雙手按着頭顱努力地回憶着，但想來想去也想不到，只能勉強說出：「那隻小兔子十分眼熟，親切得很……」

「怎會這樣的……」小牧別過臉輕聲嘀咕。

「小牧，你在這裏有沒有見過會說話的兔子？」

「沒⋯⋯沒有呢！」小牧衝口而出，「我從沒有見過那種尖耳的怪兔子！」

「你怎麼知道牠長着尖耳朵？」芯言問。

「我⋯⋯這⋯⋯是你剛才說的啦！」小牧含糊過去。

「是嗎⋯⋯」芯言偏着頭，感到惋惜。

「不過，」小牧欲言又止的吸了口氣，終於垂下頭開口說道，「這個鏡像世界的另一端倒有一個類似的魔幻迷宮⋯⋯」

「真的嗎？難道昨晚在夢境看到的都是真實的？」芯言頓時提起精神，興奮地問，「你可以帶我去嗎？」

「這裏還有許多更有趣的地方，雲上樂園、手遊世界，還有魔法探索館，我可以帶你去參觀呢！」小牧提議說。

「我很想去一趟魔幻迷宮，看看那隻小兔子會否出現呢！」芯言搖搖頭，帶着天真的口吻，期待地說，「說不定牠可以喚起我失去的記憶！」

芯言閃閃發亮的眼眸，還有她單純的心思對所有事物充滿了美好的期待，小牧看在眼裏不禁想起自己的姐姐，心坎猛地抽搐了一下。

「既然你真的想去……」小牧知道他不能夠一直逃避，他頓了一頓，淡淡的説，「那麼你快起來吃早點吧，我們要走很遠的路呢！」

「遵命！」芯言一手掀開被子，雀躍地跳下牀。

＊　　　　　＊　　　　　＊

吃過早餐後，小牧從口袋裏拿出一塊鏡子放在地上，説：「魔幻迷宮在一個荒島內，那裏並不屬於鏡像世界的領域，沒有可以穿過去的鏡子，我們只能夠乘坐小船前往。而每一天只有一班來回荒島的小船，我們先穿過鏡子到海邊去吧！」

小牧和芯言跳入鏡中，一下子來到海邊的渡頭。

眼前盡是一片藍，天空的蔚藍與海洋的寶石藍連成一線，天與海之間隱隱看到一片小小的陸地。

「小船還有一會才來到，我們等一下吧！」小牧説。

「今天的天氣非常好，陽光普照，清風吹來帶着暖暖的香氣，一定又是美好的一天。」芯言笑盈盈地説。

突然，一塊巨大的石頭從山上向着小牧和芯言高速滾過來。

「那是什麼東西？」芯言雙腳不由得往後退，她慌

張地問。

「不用怕，那是石頭人。」小牧說罷，巨大的石頭就在小牧面前停下。

石頭停定後，從兩旁伸出手腳，再把折起的頭顱探出來。

「小牧，很久沒見了，這是你的新朋友嗎？」

「她是芯言姐姐，是我的朋友。」小牧拍拍石頭說，「大塊頭，你的皮膚好像比以往光滑了呢！」

「山上長年風吹雨打，我的皮膚當然被磨得光溜溜！」石頭人說。

「你好，石頭人先生。」芯言向石頭人問好。

「你們要去哪裏呢？」

「我們要去那個魔幻迷宮。」芯言指着小島。

「什麼？你們真的要去那裏？」石頭人用惶恐的眼神俯視着二人。

「嗯。」小牧用不帶起伏的語調回答。

「可是，聽說那個地方有很可怕的怪物呢，」石頭人嚇得身上細小的石子不斷滑落，「從來沒有人可以順利回來的！」

「那只不過是傳說吧。」小牧泰然自若地說，「不

用擔心，我可以應付到的！」

「那麼，你們要小心一點呀！」石頭人露出擔心的眼光，他似乎害怕會惹禍上身，匆匆離開了。

「小牧，魔幻迷宮是個很危險的地方嗎？連你也不可以隨心所欲的施展魔法嗎？」

「對啊，那個地方不屬於鏡像世界，我無法控制任何東西，」小牧為難地說，「你現在知道了，那你還是決定要去嗎？」

芯言猶豫了一下，不知怎地，她的內心有一份強烈的感覺，夢中那隻小兔子一直在等着她。她深知現在除非追蹤這個線索，否則根本無法勾起過去的記憶。

芯言知道給小牧添上麻煩，於是坦然笑說：「我可以自己去的！」

在和煦的陽光下，小牧柔軟的頭髮折射着銀色的光澤，蓬亂卻柔美。他搖搖頭，露出苦笑，說：「我不放心，我陪你去吧！」

「你看！」芯言指着海中心，一隻巨大的海龜逐漸游近他們。芯言揉揉眼睛，才發現原來是一艘海龜形狀的小船。

「你們要乘船嗎？」一隻戴着船長帽子的八爪魚走

到船頭，向小牧和芯言招手問。

「對的！請你載我們過去吧！」小牧答。

「上來吧！」船長把牠其中一條觸手向岸邊搭過去，然後着小牧和芯言沿着觸手走過來。

「嗚嗚——」小船開始起航，船頭高高昂起，在寶藍色的海面上劃出一條雪白的尾巴。

小牧和芯言坐在船頭，強勁的海風把二人的頭髮吹得沙沙作響。芯言的心情很興奮，她感到一切的謎底即將要揭開，而在她身邊的小牧卻一臉嚴肅。

小牧望着開朗的芯言時，偶爾會想起他的姐姐冰雪公主，每當他想起冰雪公主，他的心就會無比刺痛，這真是多虧賽斯迪所施的咒語。

想着想着，小牧又陷入他的回憶。就在不久之前，黑暝大軍大舉進攻冰雪王域，利用黑魔法迷霧令整個王域變成混沌一片。冰雪公主抗敵失敗而被囚禁，賽斯迪要脅擁有控制鏡之魔法的冰雪王子小牧聽命，否則便會傷害他的姐姐。賽斯迪為了讓小牧乖乖服從自己，更施下惡毒的咒語——只要小牧一想起姐姐，他就得承受撕心的痛楚。

「芯言姐姐，忘記過去的感覺可怕嗎？」小牧試探

着問。

「當然可怕啦！」芯言隨意地説。

「那麼為什麼你好像一點也不擔心？」小牧不解地問。

「我相信只是暫時忘記而已，」芯言笑説，「既然這一刻想不起來，擔心也沒有用。」

「為什麼你非要找回記憶不可？你不喜歡在鏡像世界生活嗎？」小牧幽幽地問。

「雖然胡裏胡塗的在一片空白下生活可能比較容易，但我始終相信在這個我背後，有着一些一直在等待我的親人和好朋友，」芯言按住被海風捲起的瀏海，堅定地道，「我不應貿然放棄過去的自己，哪怕只是一點線索，我也一定要追尋到底！」

「即使找到不愉快的回憶，你也不在乎嗎？」小牧掀起嘴巴。

「在乎啊！每一段快樂或悲傷的回憶都成就了今天的我，我必須好好記住，」芯言露出天真的笑靨，「越是令人困窘的事，我們越要找方法努力克服它。」

「如果我像你一樣堅強，那多麼好！」小牧不禁黯然地説，臉上流露出一點落寞。

看到芯言永不言敗的臉容，小牧再次勾起對他姐姐的思念，同時心臟傳來劇烈刺痛。

芯言把雙手放在嘴邊擺成傳聲筒似的，她高聲對着波光粼粼的大海呼叫：「夢中的小兔子，還有我的記憶，我現在來找你們了！」

小船兒向着孤島前行，一羣玻璃鳥兒在陽光下追逐着一浪趕着一浪的浪花，閃出寶石般的光芒。芯言伸出雙手，迷幻的光折射在她的掌心中，使她不禁讚歎：「很漂亮啊！」

小牧一臉沮喪的望着大拇指上屬於他姐姐的藍寶石戒指，他想起姐姐曾跟他說過一個預言：從結界另一端來的使者會帶着星光寶石劃破黑暗，讓閃爍的光明重返大地。

「可是星光寶石已經被打碎了，一切已經不能夠挽回！」小牧咕噥着。

「星光寶石？」芯言皺起眉咬着指頭，遲疑了片刻，說，「我曾經見過它，可是我記不起放在什麼地方。」

「你真的擁有星光寶石？」小牧大驚，立即聯想到賽斯迪要對付芯言的原因。

小船一晃，芯言和小牧凌空拋了一下。原來小船已經靠岸，面前的是一個陰霾密布的孤島。

　　「到了，上岸吧！」八爪魚船長帶着不懷好意的笑容說，「祝你們有愉快的一天！」

　　上岸後，芯言和小牧感到一陣不安。這裏與鏡像世界完全是兩個樣子，整個孤島縈繞着團團迷霧，而他們正站在一個巨大的黑影之上。二人順着黑影遙望小島深處，才發現那盡頭原來有一座被叢林包圍着的迷宮堡壘，屹立在島中心霧最濃厚的地方。

　　芯言愣愣地凝視前方，雖然只是朦朧的影像，感覺卻跟夢中看到的不太相似。

　　「這就是你夢中見到的地方嗎？」小牧皺起眉頭，問。

　　「差不多吧……」臉色變青的芯言抓抓頭尷尬地說，「也許只是今天的天氣不太好吧！」

　　「小船已離岸，我們已經沒有退路了，」小牧搖搖頭聳聳肩，提議道，「我們到那座迷宮堡壘去看看吧！」

　　二人在茂密的叢林中緊靠着對方走，路上除了他們再看不到別的人影，樹葉在風中搖曳，發出沙沙聲響，

濃密的枝葉漸漸遮蔽鉛灰色的天空，令這個地方充滿了壓迫感。

當他們逐漸接近迷宮堡壘，一種令人窒息的感覺重重壓在芯言心頭。她不想令小牧察覺自己的不安，唯有握緊拳頭，抑制着內心的害怕，加快步伐前進。

「小牧，我們大概快到了！」芯言越是往前走，樹木越是粗大茂密，她必須不停用手撥開枝葉鑽過樹木之間的縫隙。

不一會，腳邊隨風抖動的小草突然靜止不動，風止息下來，四周連一點聲音也沒有，空氣瀰漫着不尋常的氣氛。

芯言倉皇停下腳步，她抬頭一看，當空罩下一個陰森森的黑影，一座灰啡色的迷宮堡壘彷彿要掙脫迷霧撲向二人。

眼前這座迷宮堡壘似乎比夢中更要殘破，每塊大石的邊緣都有着被風吹雨打侵蝕的痕跡，外牆幾乎全被藤蔓覆蓋，台階長滿青苔。與其說這是一座城堡，它反而更像一座荒廢的墓園。

芯言環視四周，在他們面前乍見一個狹窄的入口。

「這就是迷宮堡壘的入口嗎？」小牧故意板起臉

孔，藏起自己的情緒。

當芯言尚在猶豫，小牧已往前踏步，地上的一塊石板接着下陷，前方的通道發出低沉的摩擦聲。芯言猛然抬頭，發現一道石牆正緩緩下降。

「什麼？」

「芯言，石牆快要關上，我們進去了可能出不來，你還是決定繼續向前走嗎？」

芯言陷入慌亂中，一時想不到如何是好。

「快來救我們啊！」芯言的耳邊浮現一把聲音呼喚着她。

芯言知道自己必須作出抉擇，於是堅定地向着小牧點頭，然後一起邁開步伐，踏進了迷宮堡壘。

「砰」的一聲，在二人進入迷宮堡壘的同時，高牆重重的壓在地面，霎時塵土紛飛。

石牆把迷宮唯一的入口封住，不留半條縫隙。騷動過後的是靜得可怕的沉默，世界彷彿按了靜音一樣。

小牧用力拍打石牆，試圖撞開它，卻被彈了回來，而厚重的石牆依然紋風不動。

「現在怎麼辦？」小牧露出絕望的眼神。

「我們一定會找到出口的！」芯言深深吸了一口

氣，轉身領着小牧勇敢地闖入迷宮。

芯言和小牧向着未知的前路推進，九曲十三彎的通道非常狹窄，並不足以二人並肩而行，只能一前一後的走着。他們拐了一個又一個彎，走了好長的路，沿路兩邊一直都是高不見頂、爬滿藤蔓的破舊磚牆。

「這座迷宮這麼大，走了半天仍舊是牢固的石牆，不知什麼時候才會走完！」小牧晦氣地說。

「不要氣餒，迷宮的出口一定在前面的！」芯言鼓勵着小牧。

就在這時，在他們面前出現了一條分岔路。

「小牧，我們應該往哪邊走？」芯言問。

小牧走到左邊望望，再回到右邊看看，可是兩條路看上去沒有什麼分別。他實在毫無頭緒，只是憂慮地說：「如果走錯了路，可能會永遠被困在迷宮裏。」

芯言茫然地打量四周，她知道不能就此放棄，她閉上眼盡量令自己冷靜下來。

不遠處忽爾傳來低喚聲。

「嗚……」

「小牧，你聽到嗎？」芯言偏着頭。

「聽到什麼？我什麼也聽不到！」

「我們走這邊吧！」芯言順着聲音，戰戰兢兢的穿過了好幾個分岔口，通道漸漸變得寬闊，而低喚的聲音越來越清晰，芯言知道他們相當接近目的地了。

通道的盡頭豎立着一條跟大蟒蛇一樣彎彎曲曲的樓梯，芯言顧不了累得發軟的雙腿，隨着呼喚的聲音拚命地往上跑，走了一層又一層，終於來到迷宮的頂層。

芯言站在一道虛掩的門前，她感到心臟似要繃出來般在胸口瘋狂地跳動，裏頭那把聲音正與她體內深藏的力量相互呼應，於是她屏住呼吸輕輕推開房門。

「吱軋——」

房間內的景象震撼着她的眼睛，整個房間都鋪天蓋地的掛滿黏稠稠的蜘蛛網，一個似曾相識的少女被蜘蛛絲緊緊的包裹着，無力地掛在巨大的蜘蛛網上。

架着厚厚眼鏡的少女虛弱地睞開一絲眼睛，安慰地說：「嘎嘎……芯言……太好了……」

「你是……」芯言走向少女，零碎的回憶片段不斷在胡亂拼湊着，令她頭痛欲裂。

芯言還未來得及上前救人，就聽到一襲可怕的聲音自四方八面向她襲來。

「吱吱吱……吱吱吱……吱吱吱……」

她左顧右盼，發現一團團黑霧正從房間的每個角落瘋狂地湧出來，不斷擴散。

　　不⋯⋯那不是黑霧，而是數之不盡的黑色生物結集而成的黑影！

　　芯言瞪眼看清楚後霎時全身僵直，那些黑漆漆的東西肚大腰細，長着八隻腳十隻眼睛，全身覆蓋着長而濃密的毛髮！

　　「是蜘蛛！」竄上心頭的恐懼令芯言不由得渾身發抖，無數像拳頭一樣大的黑蜘蛛搖頭晃腦的向着她爬過去，蜂擁而至的黑色蜘蛛一隻接着一隻翹起尾部散開，繞成一圈包圍着芯言。

　　「芯言⋯⋯」上方響起一把微弱的嗓音，芯言仰起頭，看到一個由蜘蛛絲結成的繭從天花板垂吊下來，剛好在她頭頂上搖搖欲墜。

　　芯言的心頓時涼了半截，那綑蜘蛛絲纏繞着的正是她夢中遇見的那一隻小兔子。

　　望着奄奄一息的小兔子，芯言的眼睛一下子模糊了，眼淚像斷了線的珍珠鏈嘩啦嘩啦的掉下來。

　　淌下的眼淚從臉頰滑落在衣衫胸襟之上，這一滴滴包含憐憫、友愛和勇氣的眼淚，釋放了芯言體內的星光

寶石力量，一直被黑魔法封鎖着的紫晶力量甦醒了！

芯言終於衝破了黑魔法的束縛，失去的記憶如拼圖般一塊一塊拼合，逐漸恢復過來。

「騰騰！」芯言高呼，她整顆心像注入了強大的力量，閃爍的紫色強光從胸口散射出來。

「紫晶星光力量，變身！」

鏡影之逆襲

　　暖洋洋的紫晶星光力量絕對是魔獸的剋星，璀璨的光芒令黑蜘蛛的十隻眼睛刺痛，牠們只得紛紛竄回幽暗角落。

　　變身成星之魔法少女的芯言被紫水晶力量緊緊包裹，全身散發着耀眼的紫色光芒。她感到體內的血液在沸騰，封閉的記憶瞬間從腦海深處全部解放出來。

　　她終於記起自己是誰，認得眼前的摯友芝芝，更清楚夢中的小兔子就是她熟悉不過的守護精靈騰騰。她是畢芯言，是肩負拯救魔幻國露露公主的其中一位星之魔法少女！而她之所以落入這個奇怪的鏡像世界，歸根究柢就是海邊遊樂園那個「鏡像世界」作怪。

　　「紫晶飛環！」剛回復記憶的芯言立即使出紫晶力量，割開纏繞着芝芝和騰騰的蜘蛛網。她把芝芝和騰騰扶起來，緊張地問：「你們有沒有受傷？」

　　「幸好你及時出現啊！否則我們就變成那堆蜘蛛的大餐……」芝芝的臉稍稍回復血色，渾身乏力的她倚靠着芯言，問，「你是怎樣找到這裏來的？」

芯言把目光轉向被綑成木乃伊的騰騰，看他躡手躡腳的咬掉身上殘留着的蜘蛛絲，笑道：「就是跟這傻瓜有感應吧！」

「你還好說！我不斷向你發出心靈感召，怎麼你遲遲仍未感應到？」騰騰擺出一副氣惱的樣子，埋怨着芯言，「難怪柏宇叫你做遲鈍怪，看來我要好好鍛煉一下你的感應力！」

「柏宇！是呀，柏宇在哪？」芯言聽到柏宇的名字，恍然驚覺自己是為了柏宇而前去遊樂園。

「我們一直沒看到他，似乎他不在鏡像世界內。」芝芝說。

「柏宇不在……」芯言還未弄清自己應該高興還是擔心，卻突然想起小牧，於是轉身打算介紹這位新朋友：「啊！我在這個世界認識了一個新朋友，是他帶我來的……咦？小牧呢？」

芯言身後根本沒有人，原來小牧趁着混亂間，早已藏身黑暗不知所蹤。

「小牧！」心繫小牧安危的芯言情急下衝出房門，打算跑到外面看看。

「啊！」驚叫聲傳遍走廊。

騰騰和芝芝聞聲而至，只見房門外數百隻黑蜘蛛在黑魔法力量的凝聚下，幻化成一隻碩大無朋的千眼魔蜘蛛。魔蜘蛛在迅雷不及掩耳之際，向着芯言雙腳吐出黏稠稠的蜘蛛絲，令她失去平衡。芯言一個踉蹌跌倒在地上，牠隨即乘勢伸出兩隻毛茸茸的毒爪，狠狠刺向芯言的心臟，這一擊恐怕連她的保護戰衣也未必能抵擋！

　　「芯言——」騰騰唸出咒語令原本細小的身體立時變大數十倍，他那雙長長的耳朵幻化成巨大的翅膀飛撲向魔蜘蛛，可惜鞭長莫及，毒爪只餘半分的距離就會穿過芯言的身體。

　　「不要！」嚇得完全無法動彈的芝芝放聲喊叫。

　　就在千鈞一髮的時刻，赫然出現在他們面前的竟是魔蜘蛛的完美天敵——

　　「紅晶星光力量，火鳳凰穿雲箭！」

　　一道熾熱的火焰從天而降，不單截下差點刺中芯言心臟的魔爪攻擊，同時解開纏在芯言腳上的蜘蛛絲，更在芯言身邊築起一道烈火圍欄，令魔蜘蛛無法逼近。

　　「希比、燚燚！」芯言和芝芝異口同聲高呼。

　　猛烈的火焰逼使魔蜘蛛往黑霧中退去，大伙兒都不禁舒了一口氣，唯獨變大了的騰騰並沒有因為希比的出

現而鬆懈。他渾身的短毛聳立起來，雙眼一直注意着周遭的風吹草動，顯然感覺到有更大的危機即將出現。

「不好了！」騰騰指着前方被黑霧繚繞的迷宮通道，「我感覺到大量千眼魔蜘蛛正向着我們衝過來！」

說時遲那時快，數千隻發亮的眼珠子在黑霧中骨碌骨碌的閃爍着，剛才的魔蜘蛛並不是退縮，而是召喚更多同伴來分享這一頓豐盛的晚餐。

希比翻身落在烈火圍欄前，橘紅色的長髮在迷霧中舞動着，這英勇的身影向着一羣令人毛骨悚然的千眼魔蜘蛛拉起貫滿紅晶力量的火鳳凰箭。

「讓我變身築起冰之壁來防禦吧！」芝芝勉強地站起來，但雙膝一軟便跌跪在地上。

「芝芝，你沒事嗎？」芯言趕緊扶起芝芝。

「芯言，芝芝身上還纏着一些黑魔法蜘蛛絲，封鎖住她體內星之碎片的力量。你快使出紫晶力量，替她淨化殘餘的黑魔法力量吧！」騰騰提示芯言。

芯言細看，才發現芝芝的衣服上附着一綑綑被撕斷的蜘蛛絲，絲的邊緣還沾着濃濃的綠色黏液。這些蜘蛛絲似是有生命般不斷地吸吮着芝芝身上的藍晶力量，於是她立即唸出咒語：「古老的光之魔法至高無上……出

來吧，神聖的光之魔杖！」

芯言揮動注滿紫光的魔杖，一時間，紫晶力量照亮了原本晦暗不明的迷宮通道，而魔杖釋出的力量正溫柔地包裹着芝芝。

「紫晶星光力量，淨化！」

怎料那些蜘蛛絲不但沒有被淨化，反而把紫晶力量一併吸收，變得越發粗壯。

「貫注了黑魔法的蜘蛛絲實在太難纏了，看來要加強紫晶力量才能徹底把它毀滅！」騰騰急得叫了起來。

「可惡啊！還差一點……如果我可以擁有更強大的力量就好了……」芯言冒着汗，但旁邊的千眼魔蜘蛛正蠢蠢欲動，使她沒法集中精神使出星光力量淨化芝芝身上的黑魔法。

「芯言，你專心為芝芝驅除黑魔法力量吧！」這時，希比與巨大魔蜘蛛羣已展開了激烈的戰鬥。她射出一枝又一枝火鳳凰形象的高溫火焰箭，把一擁而上的蜘蛛羣焚燒得吱吱作響！

那些巨大魔蜘蛛中箭後立即變回一大堆小蜘蛛，但牠們棄掉燒焦了的同伴後又捲土重來，重新結合成另一隻大蜘蛛，瘋狂地向希比等人噴出帶有劇毒的蜘蛛絲，

誓要一舉擒住所有獵物。

　　縱使希比消滅了很多敵人，但牠們在黑暗中沒完沒了的湧出來，只會不斷消耗她的力量。

　　「紅晶星光力量！火鳳凰亂舞攻擊！」

　　不斷地進攻令希比的力量虛耗得很快，幸而芝芝身上的黑魔法最終都能被芯言悉數驅除。

　　「藍晶星光力量，變身！」芝芝得到紫水晶力量的幫助漸漸恢復了體力，於是立即加入戰圈，「水幻藍

晶，施展你最耀眼的光芒！」

她戴上魔法眼鏡，雙手結出魔法手印，叫道：「藍晶轉化力量，水之光環！」

芝芝用盡力量不斷擲出綻放着藍色光芒的飛環，把一隻又一隻巨大的魔蜘蛛從頭到腳套得緊緊，教牠們動彈不得。

「希比，我暫時封住魔蜘蛛的行動，令牠們不能分散結合，你趁機收拾牠們吧！」

「交給我吧！」希比與她的守護精靈熒熒在過往無數戰鬥中已建立強大的默契，熒熒心有靈犀般展開翅膀，變換成華麗的鳳凰之弓，一排充滿紅晶力量的火鳳凰箭瞄準魔蜘蛛鼓得脹脹的大肚子，「消失吧！醜陋的大蜘蛛！」

「颼——颼——颼——颼——」

一枝又一枝火鳳凰箭直刺向一眾魔蜘蛛的大肚子，然後在大肚子內連環爆發。

「轟隆！轟隆！轟隆！」最後所有魔蜘蛛反過來被紅晶力量所吞噬。

「成功了！」芝芝深深的舒出一口氣，芯言也如釋重負抹着額角上的汗珠。

「好身手啊！」騰騰忍不住讚歎，「希比、熒熒，你們比之前變得更厲害了。」

「那當然！」熒熒由鳳凰之弓變回火鳳凰的模樣，她飛越前方通道，確定所有巨大魔蜘蛛被徹底殲滅後，便回到希比的肩膀，昂首擺出高傲的姿態，「我們返回波拉蘭國後並不是閒着的，這段日子我們時刻都在提升自己的戰鬥力，否則怎能保護自己的國土，更遑論要營救公主了。」

「為了發揮出紅晶力量的最高境界來對付魔獸，我們不斷鍛煉攻擊速度。」希比補充説，畢竟自從上一回在魔幻森林經歷重創後，她比誰都意會到自己的實力不足。因此，當希比一回到波拉蘭國，她便懇求大長老替自己特訓。

正當大家稍稍放鬆下來，最大的危機現在才真正出現。

「隆！隆！隆！隆！隆！」

「怎麼了？」芝芝感到地面在震動。

這個時候，地面上突然凝聚着一裊白煙，十幾根晶瑩剔透的冰刺緩緩從地板下冒出頭來形成一個魔法陣，冰刺不斷伸延，變成一株又一株鋒利而尖鋭的冰刃。

眾人的神經也隨着冰冷的空氣，漸漸緊繃起來。

這個情景曾經在芯言家裏出現過，她已猜到誰將會從魔法陣出現。

「賽斯迪！」

地上的白霧慢慢散開，呈現在眼前的確實是那一張輪廓分明的臉孔，而在賽斯迪身邊竟然冒出一個熟悉的身影。

「小牧？」芯言吃驚地叫，「你快放開他！」

「放開他？呵呵，看來你還未清楚自己的處境呢！」賽斯迪笑説，挺拔的眉毛尾端那幾顆冰花誇張地在閃爍着，「全靠這小子設局，我才能在這裏把你們一網打盡！」

「不會的！」小牧和賽斯迪是一伙的？芯言不願相信這是事實，不停地用力甩頭，「不是這樣的……」

「對不起。」小牧的眼眶深陷，載滿悲傷和陰鬱。

「我要將你們統統吸入黑暝深淵，永遠留在黑暗之中！」賽斯迪舉起雙手，半空中漸漸形成一個黑色的旋渦，似要把所有人吸進去。

汲取了過往交戰失利的教訓，賽斯迪並不打算活捉她們，而是準備了一個永久的黑暗囚牢送予眼前令他可

憎又可恨的敵人。

「不要傷害他們！」小牧從後抱着賽斯迪的腿，想要阻止他施展魔法。

「你竟敢阻我？」賽斯迪狠狠地把小牧踢開，然後伸手向着他，「你已經對我毫無用處，那麼我就先對付你吧！」

「別想動他！」芯言趕過來擋在小牧身前。剛才芯言虛耗太多體力來為芝芝驅除黑魔法力量，現在只能勉強支撐身體站起來，但她絕不會任由賽斯迪傷害小牧。

「糟了，芯言的紫晶力量不夠啊！」騰騰馬上發現芯言力有不遞。

「芯言姐姐，不要擋在這裏啊，他會傷害你的！」跌倒在地上的小牧大叫着。

「我不會放棄任何一個朋友的！」芯言張開手臂誓要擋住賽斯迪。

「我這樣對你，你竟然還在保護我？」心坎的痛令小牧無力站起來，他懷着交織感動與氣惱的複雜心情緊緊望住芯言的背影。

「別説傻話，好朋友是互相信任的，有什麼苦衷也好，我們一起並肩應付！」芯言苦笑，「你忘記了

嗎？我昨天說過今後如果有人欺負你，我一定替你出頭的！」

「芯言姐姐……」

「紫晶星光力量，紫光飛環！」芯言勉力發動攻擊後，握着光之魔杖的雙手仍在發抖，幸而她還有其他伙伴——

「紅晶星光力量，火鳳凰穿雲箭！」

「藍晶星光力量，冰花飛濺！」

芯言的紫光飛環、希比的火鳳凰箭，連同芝芝的冰花飛濺，加上騰騰的魔法光球也被賽斯迪擋住並反彈回去。

「啊！」芯言、希比、芝芝和騰騰都被擊倒受傷。

「哈哈！你這班黃毛丫頭，相同的招式已不能對我起作用！」賽斯迪訕笑，他身上散發出一股比以往強大得多的黑暝力量，一雙寶藍色的眼瞳一下子染成血紅。

「鏡影逆襲！」誰也猜不到，這個時候小牧竟唸出咒語，用魔法創造出一個八角形的鏡籠重重包圍住賽斯迪。

「哼！」賽斯迪一臉瞧不起的射出旋風攻擊，想要打破面前的鏡子，怎料他的攻擊竟然從另一塊鏡子穿出

來，直直打在賽斯迪背後。

「可惡！」賽斯迪帶着不可遏止的憤怒使出不同的招式連環攻擊各面鏡子，可是全都從其他鏡子反彈出來。那些攻擊在他身邊飛來竄去，怎樣也停不下來，最後盡落在他的身上。

「你們趁機逃走吧！」小牧大叫。

「哪走得這麼容易？」賽斯迪唸出咒語，他提起腳尖把身體急速旋轉，瞬間化身為一股帶着強大黑魔法力量的龍捲風。旋風的邊緣不斷向外擴大逼近鏡子，就似一把鋒利的電鋸，終於——

「鏗鏗鏗——鏗鏗——鏗鏗——」小牧用魔法築起的鏡子全部爆破掉！

「哎啊……」小牧慘被彈開。

「不自量力！」賽斯迪眼尾瞄了一下小牧，根本毫不在意小牧的死活，他要的是抓緊面前這個千載難逢的機會。賽斯迪剛才一直躲在黑暗通道中不斷放出魔蜘蛛，就是要耗盡她們的星光力量，將眾人一網成擒。

此消彼長之下，得到黑暝領主注入強大黑魔法力量的賽斯迪，如今已擁有絕對的優勢。他暗下決心，這次任務一定要成功，不能令他敬愛的黑暝領主再次失望。

「打開吧！永續之黑暗，」賽斯迪高舉雙手，半空中再次形成一個黑色的旋渦，旋渦在賽斯迪不斷灌輸黑魔法力量下，竟詭異地生出一股像黑洞的巨大吸力，「幽暝囚牢！」

就在危急之間，一把芝芝熟悉不過的聲音從賽斯迪身後出現。

「我不會讓你得逞的！」

「什麼？」賽斯迪轉身向後望，只見一隻全身覆蓋着純白色毛髮的龐然巨物不知從哪裏冒出。

「毛毛！」倒在地上的芝芝與另一頭的小牧同時呼叫。

早已傷痕纍纍的毛毛不顧身上的傷一躍而上，用他粗壯的巨掌牢牢地抓住賽斯迪的手腕，制止他擲出「幽暝囚牢」把眾人吸走！

賽斯迪的雙手瞬間凍結成冰，凝在半空中的「幽暝囚牢」吸力似乎漸漸在減弱。

「嘿……」賽斯迪大喝一聲，散出更濃烈的黑魔法。他手上的冰一下子便碎掉，還猛力把毛毛摔到迷宮通道的石壁上，「你以為單憑這種程度的力量就可以阻止我嗎？」

「嗄嗄──」毛毛被凜冽的黑魔法壓在牆上，令他喘不過氣。

「不要啊！」芝芝深知大家已用盡全力，她感覺到根本沒法子扭轉劣勢，說不出半句鼓勵的話。

騰騰一臉無法置信，茫然道：「竟然……竟然連毛毛變身後的神力也不能壓制他？」

「這股黑魔法力量……的確超出估算啊！」化身成鳳凰連弩的焱焱隱隱然覺得，眼前青筋暴現的敵人也未必能駕馭這強大的黑魔法力量。

受了傷的希比只可半跪在地上架起陣式，接連發射一枝又一枝火鳳凰穿雲箭。可惜射出的箭通通被「幽暝囚牢」強大的吸力吞沒，無一倖免。

「可惡！」豆大的汗從希比額角流下，她多麼渴望自己的戰鬥力量立即恢復過來。

「哈哈！你們真是愚蠢得可憐，就憑這殘存的星之碎片力量就想打敗我？」賽斯迪射出令人窒息的氣場，手上的「幽暝囚牢」已注滿無法抵擋的黑魔法力量。「剛才你們以為擊敗了魔蜘蛛很了不起？嘿嘿……實情是我利用牠們來消耗你們的力量，等着一伙兒去永恆的幽暝世界吧！」

面對即將被黑暗吞噬，騰騰用最後的力氣使出時間放緩魔法，希望減慢「幽暝囚牢」攻擊的效果。

　　「騰騰……芝芝……毛毛……希比……燊燊……」芯言的雙手緊握在胸口，她想起自己對小牧說過的話，「越是令人困窘的事，我們越要找方法努力克服它！我們絕不可以輕言放棄的！」

　　「玩夠了！統統給我消失吧！」不耐煩的賽斯迪再次加催力量，騰騰的時間放緩魔法已無法阻止「幽暝囚牢」壓境，裏頭強大的吸力已消解星之碎片的力量，眾人再也站不穩，一個接一個被吸扯離地，快要被逐一吞沒。

　　「勝利，終究歸於我賽斯迪！哈哈哈哈——」

　　「你的笑聲太討人厭了！」

　　一股金光從賽斯迪身後暴現，原來剛才跟毛毛一起衝破鏡子，進入鏡像世界的還有其他人。

　　「是誰？」穩操勝券的賽斯迪不禁大吃一驚，轉身在找說話的人。

　　「玄幻黃晶，施展你最耀眼的光芒！」

　　「什麼？」賽斯迪驚疑地凝視着聲音的主人，「是第四股星光力量？」

「雷電套索，切斷黑暗之源！」一束以雷霆之勢劈下的金光，帶着驚人的高壓電流，套着賽斯迪的右手，阻止它把「幽暝囚牢」壓向芯言等人。

「是黃晶星光力量？」熒熒大喊。

「我們一直找的黃晶星之魔法少女？」騰騰抬起頭，心中一下子燃起希望。

「遍尋不獲的人竟然在這關鍵時候出現？」希比驚歎。

「她不是……」芯言不敢相信自己的眼睛。

「是你？」在魔法眼鏡下，芝芝清楚看到一張再熟悉不過的臉孔。

「鎐玥！」

最後的星之魔法少女

一直以來眾人苦苦追尋的最後一位星之魔法少女，竟然就是跟芯言和芝芝素來不咬弦的同級同學鎔玥，這也難怪她倆感到錯愕。

鎔玥穿上一身新潮型格的戰衣，亮黑與金黃的連衣短裙伴着飄逸的百褶裙襬，鮮明而盡顯個性，配上珍珠色的短身外套，雙腕戴着寬闊而鑲了水晶的古銅色手鐲，頭上的閃電圖案髮箍格外奪目。

「泠泠！這個什麼『幽暝囚牢』真夠霸道，它的力量似乎和我的雷電套索旗鼓相當呢！」鎔玥手執一條注滿高壓電力的套索，對着身邊那外形像海蛞蝓的守護精靈說。

「別掉以輕心，他的黑魔法力量還未見底。」那守護精靈泠泠異常冷靜地說。

「又多來一個星之魔法少女！哈，就讓我一併把你們四人消滅，這樣黑暝領主就再無後顧之憂。」賽斯迪口中唸唸有辭，身上激發起更強大的黑魔法力量，而被鎔玥攔截下來的「幽暝囚牢」再次活躍起來。

「鎐玥！」泠泠渾身發電，而電力不是射向賽斯迪，反倒傳送給鎐玥。鎐玥的臉上閃現自信的神采，她手上那套索的電流立即大增，再次跟賽斯迪拉成均勢。

　　此時毛毛亦掙脫壓在身上的力量，用他的巨掌使出冰魔法牢牢地冰封着賽斯迪雙腕，減弱他的黑魔法力量。

　　「我也來幫你！」希比把火鳳凰之箭瞄準賽斯迪的心臟位置，她要向賽斯迪施展致命一擊！

　　沒想到，鎐玥竟在此刻說：「誰要你們多管閒事！」

　　「什麼？你……」就連一向自負的熒熒亦不敢相信，鎐玥竟會任性得拒絕援手。

　　賽斯迪樂於見到敵人不肯聯手，他決定先解決這個礙眼的黃晶魔法少女。他破開手腕上的冰塊，猛地甩開纏着自己的毛毛，右手隨即反過來握着鎐玥的雷電套索，把她扯向自己，左手則暗中射出一枝注滿毒液的冰刃。

　　「倒下吧！」賽斯迪自忖這一擊猶如甕中捉鱉。

　　一個意料不及的身影挺身而出，擋在鎐玥前面。

　　「咔嘞！」

就在千鈞一髮之際，閃着銀光的冰刃命中的竟不是
鎐玥，而是一面以雪花組合而成的冰牆。

是芝芝。

戴着魔法眼鏡的芝芝能預測賽斯迪的舉動，當她得
悉賽斯迪準備暗算鎐玥，還未來得及思考自己的安危，
便立即撲過去擋在鎐玥身前，幸好她及時祭起冰之魔法
阻擋這陰險的攻擊。否則只差半秒鐘，鎐玥便會命喪黃
泉。

「林芝芝，你……」鎐玥不敢相信自己的眼睛，面
前替她擋住致命攻擊的竟是她一直看不順眼，學業上的
死敵，平日被她處處欺凌的同學林芝芝。

其實鎐玥闖入鏡像世界和阻止賽斯迪的攻擊都是冷
泠的主意，她配合泠泠的目的，全是為了證明自己的能
力比任何人優勝。在她的心底從來也沒想過主動幫助芝
芝和芯言，但眼前的芝芝竟然拚着犧牲的精神，奮不顧
身的救了自己，不知怎地教鎐玥生出一種難以言喻的愧
疚。

分出力量攻擊鎐玥的賽斯迪在此刻不慎露出了破
綻，希比見狀馬上提弓用盡僅餘的紅晶力量，射出最後
一擊。

「迷幻紅晶，星火之箭！」

星火之箭以極速射向賽斯迪，紅晶力量直接鑽入他的身體內，令他忍不住慘叫出來。

「啊——」

「是機會！芝芝快些限制他的活動能力！」負傷躺在一角的毛毛提示芝芝。

芝芝心領神會，唸起魔法咒語，把所餘無幾的藍晶力量全部凝聚在雙手上。她高呼：「藍晶轉化力量，水之光環！請給我牢牢地套着他啊！」

芝芝把賽斯迪發出的黑魔法力量轉化成一個又一個如鑽石般堅硬的冰圈，乘他一個不留神，冰圈把他的四肢緊緊地套住，使賽斯迪手中的「幽暝囚牢」吸力瞬間減弱。

「還未完啊，芯言，不可以再放過他了！」騰騰大叫。

芯言揮動手中的光之魔杖指向賽斯迪：「閃耀吧！銀幻紫晶！」

一襲耀眼的紫光旋繞着賽斯迪，在賽斯迪快要束手就擒之際，誰料到他身上的黑魔法力量竟不斷抗衡膨脹。

「怎麼會這樣的？」賽斯迪驚恐叫道，他感覺體內的黑魔法快要衝破他的軀殼，就連自己也不能控制。

「糟了，紫晶力量快用光了！」騰騰知道以現時芯言的力量，並不足以淨化賽斯迪體內暴增的黑魔法力量。

希比、芝芝和芯言已歇盡所能，可是還差一點力量，才能夠擊倒賽斯迪。

還有扭轉形勢的機會嗎？

一切就取決於一個人，而這一個人，她內心還在掙扎是否要幫上一把。

「鎐玥——」就連泠泠也忍不住提醒她。

泠泠知道雖然態度囂張的鎐玥總是嘴巴不饒人，可是心底裏卻非常善良。

「唉，我知道了！」鎐玥不耐煩地回應泠泠的同時，她一雙眼一直離不開芝芝的背影，她是被芝芝感動了嗎？她不清楚。一直以來自負自傲，不屑什麼團隊精神，也不屑去幫助弱者的她，第一次有種想嘗試與別人攜手合作的滋味。

鎐玥望着眾人信任的眼神，她從沒想過竟然有一班人深深的相信着自己，願意把生命交付予她，令她從心

底湧現一股莫名的力量。鎝玥揮動手上的套索，口中唸出：「黃晶星光力量，雷電套索！」

鎝玥手上的套索在高速揮動下化作一張帶着雷電的巨網，牢牢地把賽斯迪綑住。巨網霹靂霹靂的放射出高壓電流，把賽斯迪疋得慘叫。

當黑暗力量飆升瞬間，轟入賽斯迪體內的紅晶力量、限制他活動能力的藍晶力量、淨化着他身上黑魔法的紫晶力量，還有剛突襲他的黃晶力量，竟在賽斯迪體內匯集起來……

「怎會這樣的？這是……」騰騰差點不相信自己的眼睛，這光、這暖意、這種熟悉的感覺是……

「不可能的，啊──」賽斯迪驚叫。

「它終於在這裏重現了！」泠泠似乎早已預料這一幕的發生。

毛毛和燚燚不約而同地叫道：「是星光寶石力量啊！」

一股夾雜着七彩繽紛光源的力量，不但把邪惡的黑魔法力量完全掩蓋淨化，更令在場所有星之魔法少女和守護精靈的傷疲感覺盡癒。

半晌，星光寶石力量的光芒漸漸消褪。

賽斯迪輸了，儘管他的臉上帶着不甘，但他的最後任務總算完結了，而結果是徹底的失敗。

　　就在賽斯迪失去知覺倒地的一刹那，一個披着黑斗篷的青年從後突然閃現，把賽斯迪緊緊接住。

　　黑斗篷身上包圍着一襲前所未見的濃厚黑芒，流露出殺意的雙眼逐一盯着面前這一班令他弟弟受苦的人。

　　「怎麼會⋯⋯是他？」面前這個黑斗篷的臉孔撼動

着芯言的心靈，她憶起在魔幻國那一段難以忘懷的往事。

「今天發生的事，我不會就此作罷，」黑斗篷那湖水綠色的頭髮隨風飄動，脖子上的血紅咒文令人不寒而慄，那鑲嵌着黑色水晶的斗篷也在風中不斷簌簌作響，他冷冷地拋下一句：「我會在冰雪王域等待你們。」

「冰雪王域？」希比疑惑，而躲在一角的小牧聞言動容。

「讓我提提你們，你們的朋友生命正在倒數。」黑斗篷寒冰似的目光停留在芯言臉上，語畢，黑斗篷揮動黑色魔杖在半空劃了個缺口，然後抱着賽斯迪消失其中。

「朋友？安納……你説的是柏宇嗎？他怎麼了？」芯言呼叫着遠去的黑斗篷。

「你們看！是冰靈柩！」毛毛從缺口中看見四野無人的冰天雪地上聳立着一尊巨大的冰柱，冰柱裏頭的正是柏宇。

「柏宇！」落雷似的衝擊貫穿了芯言全身，芯言激動得雙手掩着嘴巴，雙腿不由自主地軟癱似的跌到地上。

在雪花飛舞的天空中，芯言終於看到了一直深深念掛着的那個身影。

「不要啊……你快起來……」芯言的眼眶凝滿淚珠，她的胸口似要被撕裂一般，心臟就像要被壓破一樣，她再也抑制不住心底深切的思念和身體的抖震。「星之碎片已集齊了……我們要一起……一起去救你爸爸……」

「那個穿黑斗篷的青年叫爵尼勒，這名字是黑暝領主封他為頭號領軍時賜給他的，他亦是賽斯迪的哥哥。」小牧走到芯言身邊，他指着安納留下通往冰雪王域的缺口，說，「這就是我的故鄉，我們一起去救出你的朋友吧！」

「爵尼勒……不，他一定就是安納……」芯言舉起僵硬的手指抓住胸前的水晶頸鏈，這個時候已經沒有任何東西能夠阻止自己闖入魔幻國去找柏宇。

嗖！雪白的缺口乍現一封長有翅膀的魔法信簡，直飛向他們。信封上寫着的署名是「奧滋丁校長」，收件人是「眾星之魔法少女」。